七冊《神曲》
判
的
七位但丁
Mizuki Nomura
野村美月
illustration 竹岡美穗

目次

序章——3
第一個P 暴食——9
第二個P 色慾——53
第三個P 驕傲——83
第四個P 貪婪——117
第五個P 懶惰——157
第六個P 嫉妒——195
第七個P 憤怒——227
終章——291

「為什麼我會去到那裡？
更重要的是，我是怎麼從那裡活著回來的？
我在那裡進行了一趟奇妙的旅程，並且在那裡**看見了**只能說是**很好**的事。」

——摘錄自《多雷的神曲》

序章

十三歲的秋天，我被逐出了自己的班級。

言語如石塊般毫不留情地砸下來，把我的心打得粉碎，冰冷的目光從四面八方朝我射來，讓我僅存的自尊和反抗心都凍結了。

我原本的夥伴、曾經一起追求改革和光榮的同伴也背叛了我，朝我丟石頭。

「妳不再是我們的領導，也不是我們的朋友了。」

他們說我給安寧而懶散的團體招來憂慮和紛亂，是災禍的製造者。

滾出去。

妳失敗了。這裡沒有妳的位置了。

滾出去。

我位於講臺前的座位、教室的角落、陽臺、穿著相同制服的學生鬧哄哄群聚的走廊上，沒有地方容許我繼續待下去。我帶著強烈耳鳴且喘不過氣，來到了書本的森林。

無數的思想、無數的研究、無數的故事，這個擺滿鐵櫃的地方非常安靜，也聽不到放逐我的人們的聲音。

我仍粗重地喘息，聞著書本的芳香，漫無目標地掃視著那些稱為「字句」的枝葉，**那東西**頓時竄入我的眼簾。

它比周圍的書更大、更厚、更重、更堅硬，充滿了不會被任何事物玷汙的高傲和強悍，還散發著一種難以形容的恐怖氣氛。

我雖嚇得發抖，卻又不禁被它吸引。

我聽著自己急促的心跳聲，戰戰兢兢地伸出手指，雙手捧起書本，手腕立即感受到鉛塊般的沉重。

封面畫著一隻展開雙翼的巨鳥，牠銳利的鳥喙下懸著一個身穿羅馬長袍、昂首向天的人。

中央大大的書名像貝殼一樣有著七彩光芒，厚厚書頁的邊緣燙了金，發出金黃色的光輝。

我被這本書的美麗莊嚴深深迷住，翻開書本，第一眼看到的是浮在一片漆黑岩石荒野的不祥白字：

由我這裡直通悲慘之城
由我這裡直通無盡之苦
由我這裡直通墮落眾生
我永遠不朽

在我之前萬象未形
來者啊，快把一切希望揚棄！

第一個P 暴食

「但丁的留言太偏激了，這個人真危險。」

聽到那個悠哉得像是樂在其中的聲音，清良反射性地縮起肩膀。

天司中學的圖書室位於校舍一樓的底端，從教室所在的校舍走過來要花不少時間，所以午休時間很少有學生來這裡。

清良在閱讀區的座位讀著蒙哥馬利的《果園小夜曲》。

到鄉下學校教書的青年艾利克在荒廢的果樹園裡演奏小提琴，遇見了不會說話的苦命美少女琦梅妮並愛上了她。這是個溫馨的故事，雖然也有悲傷的情節，但所有人到最後都會得到幸福。當她正沉浸在琦梅妮的清純可愛、男女主角周遭的新鮮事物、戀愛的溫柔和感傷時，突然聽見令人心驚的可怕對話。

「外遇老師指的是某某嗎？」

「聽說女方是二年級的某某，真的假的？竟然對國二女生下手，簡直是戀童癖嘛。」

「我比較在意的是，這個放逐某某的計畫說的是哪一班啊？」

「搞不好就是我們班，那個某某很討人厭。」

「喔，對啊。我們要不要也來留言，發動全班放逐某某？」

「不要啦，我才不敢在靈薄獄（註1）留言。那個叫但丁的人一定是個瘋狂的傢伙。」

「妳還不是也會去看。」

「光是看看確實很刺激、很有趣，但我才不想留言咧……」

三位穿著西裝式制服和百褶裙的女學生在公用電腦前面聊天，雖然她們壓低了音量，但是清良的座位離她們很近，聽得一清二楚。要當作沒聽到，否則她說不定又會頭昏腦脹、呼吸困難。

清良手上書本裡的字句都像寶石一樣晶瑩剔透而美麗，但她在現實世界聽到的話語卻粗糙不堪，帶有尖刺和毒素，不是批評別人就是充滿憎恨憤怒，每次看到、聽到這些話語，清良的背脊就癢得像爬滿蟲子，喉嚨和胸口都會揪起來。

她們正在看的是校內暗中流傳的地下網站。取了可怕名稱「靈薄獄」的這個留言板不需要用本名申請帳號就能瀏覽和留言，還能自訂標題建立討論串。留言板會有人放出風聲說某班的某某人和老師發生不正當的關係，要大家幫忙

註1　又稱地獄邊境，人死後靈魂的去處。因生帶原罪，無法入天堂、卻也不會進入地獄所逗留之處。

蒐證，還會有人呼籲大家一起排擠某位討厭的同學，甚至演變成霸凌事件，讓老師們傷透了腦筋。

擔任圖書館管理員司書一職、經常推薦書籍給清良的初音老師也非常憂心。

「因為這個留言板是匿名的，會讓人覺得做什麼都不需要負責。」

她又說：

「我本來以為地下網站是我求學時代的老古董，或許是因為現在的年輕人都是用社群網站，才會覺得這種東西很新奇吧。」

清良個性膽小，沒有上過「靈薄獄」，但她還是從其他學生的閒聊之中得知了那個留言板的內容有多聳動。

她也聽說有個筆名叫「但丁」的人發言特別偏激、特別具攻擊性，非常「危險」。

——那個人到底是誰啊？

——應該是天司中學的學生吧。說不定就在我們班喔，真可怕。

——這個但丁一定是喜歡看到別人不幸、動不動就發飆的超級危險人物。

那些學生批評但丁「危險」的話語也飽含著尖刺、毒素和輕蔑，清良聽了就覺得背脊發癢、胸口鬱悶。

清良縮著身子，由衷祈求午休時間快點結束，祈求在電腦前聊天的女學生和其他學生快點回去自己的教室。

她聽到的所有聲音彷彿都對她懷著惡意，讓她害怕得不得了。

還有五分鐘。

還有三分鐘。

她屏住呼吸、焦躁難耐地等著第五堂課前的提醒鐘聲響起，那輕柔的音色總算從上方傳來了，圖書館裡的學生們紛紛走回教室。

太好了……

清良獨自坐在恢復寧靜的空蕩蕩圖書室裡，安心地吁了口氣。

她因為太害怕別人發出的聲音和說話聲而無法待在教室，升上國中以後一直窩在圖書室，對她來說，沒有什麼比寧靜更令人安心的了。

司書初音老師對清良說過：

——如果妳一個人讀書覺得寂寞，可以來找我說話。

但她從來不曾感到寂寞。

升上國中後，第一次上學的那一天，她走到教室外就停了下來，雙腳無法動彈，過度呼吸發作而昏倒。那件事已經過去半年了，當時父母和校方討論的結果是讓清良待在圖書室，如今季節已從春天變成秋天，清良還是深切期望能一直待在這個沉靜的空間。

被書本圍繞著，獨自在安靜的地方閱讀文字優雅的書籍……寫老師交給她的功課……她由衷期望能一直維持這種生活。

現在清良完全不會去想像那些可怕的事，譬如老師來問她「是不是該試著跟大家一起上課了？」。

只要一直像這樣……就好了。

因為這裡又安靜，又舒服……

每到下課時間，清良就會聽到那些鬧哄哄的聲音，但現在是上課時間，圖書室裡只有清良一個人。初音老師正在櫃檯後方的辦公室工作，只有清良握著鉛筆寫功課的聲音流瀉在清澈透明的空氣中。

就在此時。

有個慌張的聲音傳來。

「哇，不行啦，夜長姬。」

一個人低聲說道，像是在說悄悄話。

那是有點高亢的男生嗓音。

聲音是從圖書室底端、擺滿鐵櫃的走道傳來的。

這裡除了我之外還有別人？

清良心頭緊縮，身體僵硬，豎耳傾聽，聽見那個聲音愧疚地說：

「對不起，我的女友太愛吃醋了。不過她答應我，只要我不劈腿，她就會乖乖地待在口袋裡……對吧，夜長姬？」

雖然內容有點奇怪，但那個問著「對吧？」的聲音既溫暖又柔和，彷彿輕柔地裹住耳朵，一點都不會讓人覺得尖銳刺耳。

清良的身體漸漸放鬆，對那正在說話的人越來越感興趣。

「我會來到這裡，都是為了各位和那七冊《神曲》。再次問候各位，請大家多多指教。」

在這寧靜安詳的空間，那親切、開朗又清澈的聲音隱隱約約地傳來。

清良懷著如在夢中的心情凝視著聲音傳來的方向，看見書櫃後方有一個男孩。

那西裝式制服和長褲的尺寸完全不符合他瘦小的身材，肩膀的部分鬆垮垮的，褲管和袖子也都打了摺。

柔軟而微翹的黑髮隨著他的動作輕盈而歡樂地擺動，大大的眼鏡底下是一雙閃閃發亮的眼睛。

那男孩的懷裡抱著一本像百科全書一樣巨大厚重的書本。

封面畫著一隻展開雙翼的巨鳥叼著一個人飛在天上，書名閃爍著彩虹般的七彩光輝。

《神曲》。

書本側面的紙張邊緣也閃著金光，大概做了燙金處理。抱著這莊嚴豪華書本的男孩長得很平凡，他一看見清良就不好意思地聳肩，露出太陽般燦爛的笑容。

「妳好，我叫榎木結，從今天開始會跟妳一樣待在圖書室，請多指教。」

◇　◇　◇

十分鐘後……

那奇怪的眼鏡少年坐在清良對面，金光閃閃的書本攤放在前方。

結剛剛跟清良打完招呼後就走向櫃檯，抱著書本佇立在空無一人的櫃檯旁，像是在思索事情，這時初音老師正好從辦公室裡走出來，一看見他就愣然地說：

「咦？你是榎木同學嗎？你不是明天才要來嗎？」

結面帶微笑地回答：

「很抱歉，我想先看看這地方，所以提早過來了。我本來只打算悄悄地打聲招呼就走的，不過既然都來了，可以讓我在這裡看一下書嗎？」

他說要打招呼的對象是初音老師嗎……？不過他剛剛在空無一人的地方說了「多多指教」呢。

他剛剛是在跟誰說話？什麼七冊《神曲》？還有，愛吃醋的女友在哪裡？

——她答應我，只要我不劈腿，她就會乖乖地待在口袋裡。

清良忍不住望向結的制服口袋，發現裡面露出一本淡藍色封面的書。好像是文庫本。

這是……他的女友？

結發現清良盯著自己的口袋，就用雙手溫柔地從口袋裡拿起文庫本給她看。

「這是我最寶貝的書，也是我的女友。」

書名是《夜長姬與耳男》，作者是坂口安吾。清良沒看過這本書，不過她猜得到裡面一定有一位叫夜長姬的公主，結說的女友大概就是那位公主吧。就像有人會迷戀動畫裡的女性角色，他可能也迷上了書中那位夜長姬。

但是結一點都不害羞，他的語氣和表情就像大方地介紹自己心愛的女友，讓清良不太能理解。

「顏色……很美呢。」

她喃喃說道，結聽了就瞇起鏡片下的眼睛，彷彿打從心底感到開心。

「這個叫作縹色。」

他說道。

縹色……？

這個詞彙從結的口中說出來，聽起來就像是非常美麗、非常迷人的特別色彩。

初音老師向結介紹了清良，清良僵硬地對結說「請多指教」。結如今就坐在她對面的座位上。

對了，榎木是幾年級啊……

他的制服尺寸過大，個子很矮，又有一張娃娃臉，看起來卻比國一的清良成熟穩重。

他是二年級嗎……？不對，可能是三年級。

圖書室裡毫無預兆地多了一位成員，讓清良不禁疑惑，不過結完全不像午休時間來圖書室的那些學生那樣令她害怕，這點也讓她覺得很奇怪。

是因為榎木的語氣很溫柔嗎？

還是因為他對書本的態度非常珍惜？

不只是結這個人，他正在讀的金色書本也令清良很感興趣。那是硬皮的精裝書，書名帶著七彩光輝，書頁邊緣有燙金，看起來閃閃發亮……不是刺眼的光芒，而是溫和優雅的亮光……沒想到圖書室裡有這麼漂亮的書。不過他說過「七冊」，這是系列作嗎？七本這麼豪華的書擺在一起應該很顯眼，清良卻沒有任何印象。

裡面寫了怎樣的內容呢？封面上那個被鳥抓著的人像希臘神話人物一樣穿著披垂的長袍，或許是奇幻故事？

書名《神曲》聽起來有種神聖莊嚴的感覺。

那是讀作 kamikyoku 嗎……不，應該讀作 shinkyoku 吧……

清良無法專心寫功課，視線一直盯著結的手邊。

她看見翻開的書中有一幅跨頁的插畫，畫中是懸崖峭壁和陰暗荒野，上面用白色的文字寫著：

由我這裡直通悲慘之城
由我這裡直通無盡之苦
由我這裡直通墮落眾生
我永遠不朽
在我之前萬象未形

那陰森的插畫和可怕的字句讓清良驚恐得屏息，彷彿有一陣寒風從她的頭上吹過。

來者啊，快把一切希望揚棄！

清良無意識地艱澀嚥下一口口水，上身微微往前傾。

「鈴井同學，妳對這本書有興趣嗎？」

結用明亮的眼睛望著清良，讓她有些慌張。

「呃……我覺得這本書很漂亮。」

「嗯，這燙金設計確實很豪華又很帥。書頁的上下和側邊三面都有燙金，書名的七彩光芒也相當有衝擊性。」

結把書本封面朝向清良。封面下方印了作者的名字。

作者：但丁

翻譯、改編：谷口江里也

插畫：古斯塔夫・多雷

但丁！

清良頓時背脊發癢。來圖書室的學生說過，在地下網站「靈薄獄」寫了很多偏激留言的那個人用的筆名就是但丁……

「這是翻譯自但丁《神曲》的插畫集。但丁是十三世紀晚期的義大利詩人，當時的文學創作以拉丁文為主流，但他用美麗動人的義大利文撰寫了長詩《神曲》，可說是文藝復興的開拓者。這本插畫集濃縮了《神曲》的故事，還收錄了十九世紀的法國畫家古斯塔夫·多雷以《神曲》為題材創作的大量銅版畫喔。」

就像在聽課一樣，清良一臉僵硬地聽著結愉快的講授。作者名字和學生們談論的那人都叫「但丁」讓她不由得有些害怕，而且結快速翻開幾頁給她看，裡面出現的全都是恐怖的畫面，像是被巨蛇捲住的人、三顆頭的怪物、痛苦地趴在地上的赤裸人們。

「這首經典敘事詩的開頭是作者兼故事主角但丁走進地獄之門，在詩人維吉爾的帶領之下，他一路遊歷到地獄的最底層。」

「地獄……」

光是聽到這個詞彙，清良的手就變得冰涼，開始顫抖。

「地獄的門上寫了這行字：『來者啊，快把一切希望揚棄』。」

雖然結的語氣和表情都很開朗，清良還是聽得直發抖，背上癢得像是有蟲子在爬，全身緊張得逐漸僵硬。

「船夫卡戎載著但丁和維吉爾渡過地獄冥河，他們最先到訪的地方是深谷邊緣，無盡的嚎啕從瀰漫著濃霧的峭壁下傳來，如同冉冉上升的瘴氣。那裡就是通往地獄深淵的第一層——靈薄獄。」

結說到最後還刻意放慢語速，聽在清良的耳中，如同在強調那個字眼。

靈薄獄！

清良感到強烈的衝擊，彷彿有隻冰冷的手摸著她的肩膀，令她全身為之凍結。

結或許是看出了清良怕到全身僵硬，想要跟她開玩笑，才故意說這些話來嚇她。

但他發現清良真的嚇到全身發抖，卻又露出慌張的表情。

就在此時。

身旁傳來很多書本掉落的聲音，嚇得清良又渾身一顫。

結頓時繃緊臉孔，往旁邊望去。清良也跟著看過去，看見一個人把大量書本堆在鄰座桌上，像隻飢餓的動物似地死命翻閱。清良不認識那個人。

◇　◇　◇

不夠！還不夠！

我還想吃！吃得更多、更多、更多！

手塚水鞠一次次地嚥下不斷分泌出來的酸苦唾液，喘著氣邊不斷地翻書。

她用雙手抱著看都沒看書名就從書櫃裡抽出的一大堆書本，一股腦兒倒在圖書室的桌上。

她之所以一到下課時間就衝進圖書室，是因為她待在教室裡一定會忍不住吃掉從家裡帶來的巧克力和餅乾，還有午休時間在學校福利社買的奶油麵包、哈密瓜麵包、砂糖吐司和葡萄乾夾心餅乾。

她在午休時間去了福利社三次。

每次她都買了不一樣的麵包，回到教室，撕開包裝袋，心想「只吃一口就好」，但是張嘴咬下之前，腦海就會浮現「豬」字，所以她又把麵包連同袋子捏成一團，塞進書包。

她心想「奶油麵包不行，但哈密瓜麵包應該可以吧？」、「如果只是舔一下砂糖吐司的邊緣，應該不算是吃東西吧？」，之後又跑了福利社三趟。

結果買回來的麵包全都被她捏扁，塞進書包。

巧克力和餅乾也被她捏得粉碎。

她從早上到現在什麼都沒吃。

直到上週都沒有發生過這種情況。

之前她無論在家或在學校，都不斷地吃東西。

光是早中晚三餐還不夠，她不斷地吃下酥脆的餅乾零食、香甜的巧克力。她怎麼吃都不滿足，吃完了一包零食，又會忍不住打開另一包。

她總覺得肚子怎麼吃都是空空的。

為什麼會變成這樣呢？她似乎是為了忘記某件痛苦的事才大吃特吃，但她現在根本想不起那是什麼。

雖然身體很餓，一直吶喊著「還不夠」，體重卻持續攀升。

制服裙子都扣不上了，內衣變得非常緊，家人開始問她「妳是不是胖了？」，媽媽也批評她「都是因為吃太多零食了」。

她映在鏡子裡的臉腫脹得嚇人，臉頰變得圓滾滾，眼睛像是陷進肉裡。

不要！

我才沒有這麼醜陋，我才不是這種胖子！不要！不要！

她不敢再看鏡子，跪在家裡的洗臉臺前低頭痛哭，然後她開始「吃了就吐」。

好想吃。

但是吃了就會變胖。

就會變成醜陋的肥豬。

既然如此，只要嘗了味道之後不要吃進去就好了。

她塞了滿嘴的煎餅和堅果，咔滋咔滋、喀哩喀哩地大口咀嚼，接著沒有吞下去，而是吐到塑膠袋裡。

不管是巧克力、蛋糕，還是填餡麵包，她都只是放在嘴裡咀嚼，再為了避免吃下去而吐掉、吐掉，不斷地吐掉。

母親準備的三餐也一樣，她跟母親說要在自己房間裡邊吃邊讀書，結果都偷偷地吐掉。

她吃的東西都沒有進入胃裡，所以體重確實減輕了，但食慾卻增加幾十倍。好想吃，還想再吃，還想吃得更多。不管是在學校、在家裡，或是在上學放學的路上，水鞠的心裡都不斷地想著「好想吃，好想吃些什麼」。

好想吃。

好想吃。

好想吃。

吃了之後又吐掉，然後又再吃。吐掉，又吃，又吐掉，又吃，又吃，又吃。她已經顧不得品嘗味道了，彷彿不吃東西就會死掉，她拚命地把零食和巧克力塞進嘴裡，手上和嘴邊都弄得髒兮兮的，吃了之後又吐掉。她的舌頭受傷了，嘴裡也有好幾處潰瘍，一吃東西就痛，但她還是停不下來。

水鞠氣喘吁吁，身邊堆滿了一袋袋吐出的食物。

她坐在一堆塑膠袋之間，滿心絕望地想著「我還想吃……」、「只要吃些東西就能減低這旺盛的食慾吧」。

就在這個時候，水鞠在天司中學暗中流傳的地下網站「靈薄獄」看到了攻擊她的留言。

『豬又吐了。』

那是關於減肥的討論串，大家紛紛討論著「我正在嘗試某種減肥法」、「我已經減了幾公斤」、「減肥之後又復胖了」，其中卻突然冒出這句話，水鞠一看到就腦袋發燙。

心跳加速，呼吸困難。

這是在說我嗎？

『廁所裡都是哈密瓜麵包的味道。』

幾天前她確實在廁所裡咀嚼哈密瓜麵包，吐進塑膠袋，丟在廁所的垃圾桶裡，所以這句話令她嚇得心跳差點停止。

果然是在說我！

這個人知道我一直吐出食物！

『可悲的豬。』

『犯了暴食罪的人趴在地獄的泥沼中，被地獄三頭犬克爾貝羅斯撕裂、咬碎，成了牠的飼料。』

『豬。』

『豬。』

『哈密瓜麵包味道的豬。』

手機小小螢幕上的文字大大地映在水鞠的眼底，不斷苛責著她「豬、豬、豬」。她的腦海裡塞滿了這些可怕的文字，全身汗水淋漓。

不行了。

有人知道我吃了就吐的事。我再也不能這樣做了。我再也不能把任何食物放進嘴裡了。

水鞠做出了這個決定。

可是她的肚子和腦袋卻不斷吶喊著「我想吃！我想吃！還不夠！還不夠！我還想再吃！」。

如果能陷入昏睡或許會比較輕鬆，但她晚上卻又餓到睡不著。

到了早上，她硬拖著疲憊的身體去上學，還是不斷地想著食物，好幾次想要把手伸向書包裡捏扁的麵包和粉碎的堅果，但腦海裡都會浮現「醜陋的豬！」、「墮入暴食者的地獄！」這些字句，全身燙得像是在火上炙烤。

要怎樣才能阻止自己吃東西呢？把自己關在廁所裡嗎？

她一想像自己在那狹窄空間按著牆壁、縮著身子、不斷想著「好想吃、好想吃、好想吃」的模樣，就不禁為之戰慄。

和靈薄獄上的揶揄一樣，她就像是《神曲》描寫的那些趴在泥沼裡的暴食者。可以阻止她吃東西的地方。

可以讓她轉移注意力的地方。

水鞠在課堂上絞盡腦汁地思考，好不容易想到「對了，圖書室應該很適合」。

圖書室禁止飲食，而且看書或許能讓她忘記「好想吃東西」的念頭。

是啊，她可以讀一些精采到讓她無暇再想「好想吃東西」的書，或是可怕到讓人毛骨悚然、讓她沒興致再去想「好想吃東西」的書。

第五堂課結束後，她就衝去圖書室，從書櫃上胡亂抽出書本，她把一大疊書堆在桌上，結果書本倒下來，散得到處都是。

她顧不得整理，直接翻開離她最近的精裝書。

那是外國的文學作品，她只是用視線掃過那些密密麻麻的文字，根本沒有讀進去，書中人物冗長的拼音名字看起來就像無意義的咒語。

不過，她若能沉浸在書中，就不會抓起餅乾和巧克力放進嘴裡了。

一定會有一本書能讓她忘卻食慾。

不對，不是這本書。

不對，不對，不對。

她根本看不懂書裡寫的是什麼。

文字迅速地掠過她的眼前。

不對，不是這本書！

她把整本書翻完，推到一旁，又粗重地喘著氣拿起另一本書，翻開封面。

在掠過眼前的大量文字中浮現了像血一樣鮮紅的「豬」字。

『醜陋的豬。』

『暴食的懲罰。』

『趴在泥沼中，被克爾貝羅斯啃噬吧。』

夠了，我已經不吃東西了！

我什麼都不會再吃了！

我不想變成豬！

我不想墮入地獄！

所以我不會再吃了！

好想吃。

好想吃。

好想吃。
好想吃。
好想吃。

滿是潰瘍的口中分泌出酸苦的唾液，空空如也的胃袋陣陣收縮。水鞠意識到自己的肚子在叫，但她一心只想消除這猛烈的食慾，依然死命地用乾巴巴的指尖繼續翻頁。

就在此時……

「妳餓了嗎?不嫌棄的話，這個拿去吃吧。」

開朗的聲音傳來，旁邊伸來一隻手。

那隻手上拿著長方形的銀色包裝袋，裡面是加了水果果肉和堅果的巧克力棒，那是水鞠經常在廣告上看到的營養食品。

有位眼鏡少年不知何時站在她身邊，笑著對她說：

「這是我帶在身上止飢的。巧克力是永遠的經典啊，蘋果果肉和堅果口感紮實，吃起來很有飽足感喔。」

水鞠和他明明沒見過面，也沒說過話，他卻很親切地對水鞠說話，一雙閃亮的眼睛溫和地注視著她。

那是一位對人不設防、長相平凡、沒有任何特徵的男孩。

大概是水鞠的肚子叫得太大聲了，他很體貼地跟她分享自己的點心。坐在隔壁桌，似乎認識這少年的內向女學生露出了驚訝的表情。

水鞠緩緩把手伸向銀色的包裝袋。

只要吃了這個……

她那無可救藥的飢餓和渴望就能得到滿足嗎？啊啊，好想吃……好想咀嚼……好想吞嚥。

指尖碰到包裝袋，她像是在確認那厚實觸感似地一把抓住，正想拿近的時候，腦海中又浮現出「豬！」的文字。

「！」

她嚇得鬆了手，那包巧克力棒掉在桌上。

和那個男生一起的女學生不知為何膽怯地聳起肩膀。

「……對不起。我不吃。」

水鞠把視線從包裝袋上移開，啞聲說道。

「可是我聽到妳一直喃喃說著『好想吃……好想吃……』。」

眼鏡少年的這句話令她渾身發燙。

我竟然說了那種話！

好丟臉！好想立刻消失！

「難道妳正在減肥？可是妳明明這麼瘦……」

水鞠聽到這句話就猛然轉過頭，大聲回答：

「騙人！我每天都被人說肥得像豬！」

是的，靈薄獄每天都會出現這種留言。

豬。又犯了暴食之罪嗎？

那人似乎每天都在監視水鞠。

「是誰說了這種話？」

旁邊的女學生被水鞠的氣魄嚇得縮成一團，眼鏡少年卻依然靜靜地注視著水鞠，沉穩地問道。

「是靈薄獄的留言說的……」

少年後方的女學生又嚇得渾身一抖。

少年疑惑地歪著頭說：

「妳說的是天司中學的地下網站吧？有人在那裡指名道姓地攻擊妳嗎？」

「……那人沒有直接寫出我的名字……但顯然是在說我。」

「是這樣嗎？既然沒有指名道姓，應該不能確定是在說妳吧。」

「一定是！我很清楚自己做了什麼！」

水鞠說不出自己在廁所裡吐掉哈密瓜麵包的事。

但她心知肚明，墮入暴食地獄的醜陋的豬除了她之外就沒有其他人了。

眼鏡少年聽了又露出開朗親切的微笑。

「既然如此，那就直接去問留言的人吧。」

◇　◇　◇

這個人到底是怎麼回事？

水鞠非常困惑。

自稱榎木結的眼鏡少年把銀色包裝袋的巧克力棒放進水鞠的口袋，說「這個已經送給妳了，拿去吧」，一副稀鬆平常地說「來調查那些留言是誰寫的吧」。他的語氣輕鬆得簡直像是邀人放學後一起去吃冰。

就連跟他一夥的內向女學生也不禁愕然。

結在那個女學生和水鞠的面前用圖書室的電腦連上靈薄獄，點開減肥討論串，挑出這些留言。

哈密瓜麵包味道的豬。

口中吐出鮮血還真嚇人。嘴裡都是血也太髒了吧。

菲羅斯道拉道斯什麼的，咬舌自盡吧。豬。

豬跑馬拉松還是豬。

別再吃高麗菜捲和香菇飯了，豬。

b怎麼練都練不好。豬！豬！豬！

結找出所有包含「豬」字的留言，並且一條一條念出來，水鞠在一旁看著，很想大喊「你看吧，果然是在說我」。被他稱為「鈴井同學」的內向女學生一副不想聽的樣子，但她還是臉色蒼白地頻頻瞄著他。

「嗯……我知道啦……夜長姬。這不是劈腿啦……」

結最後用非常溫柔的語氣喃喃說出這句奇怪的發言，然後望向水鞠，說道：

「我只找了最近的留言，線索已經夠多了。首先是星期一的留言──『口中吐出鮮血』和『菲羅斯道拉道斯』。」

結說得大聲又清晰，像是要讓水鞠和那女學生以外的某人聽見。

接著他擺出豎耳傾聽的姿勢，沒過多久，他鏡片底下的眼睛就亮了起來。

「沒錯，這是太宰治的《跑吧！美樂斯》，這一幕是在描寫美樂斯死命趕回即將替他受死的好友賽利奴提斯的身邊。文中提到他『喘不過氣，從口中吐出鮮血兩、三次』，而『菲羅斯道拉道斯』則是接下來出現的賽利奴提斯的弟子。」

他滔滔不絕地說著。

那又怎麼樣？水鞠的班級最近也剛好教到《跑吧！美樂斯》。

結開朗地說道：

「這就表示留言的人是二年級的學生！二年級的國文課現在正教到《跑吧！美樂斯》，而且二年級只有三個班級在星期一有國文課，就是一班、三班和四班。」

水鞠非常驚訝。

跟她一樣是二年級學生的人都會知道二年級的國文課正在教《跑吧！美樂斯》。但結沒有看任何資料，怎麼會知道哪些班級星期一有國文課？

「你為什麼知道？」

被水鞠這麼一問，結用分辨不出是認真還是開玩笑的開朗表情和語氣回答「是書本告訴我的」。

「我聽得到書本的聲音。學校正在教哪篇文章，就會有更多人來借那篇文章的原著，書本都會牢牢記得讀過自己的人，它能告訴我今天有幾年幾班的哪個學生來借過它。」

他一定是在開玩笑吧？

書才不會說話。當作他查過圖書室的借書紀錄還比較實際。

「書本還告訴我，借了它的人今天第幾堂課去其他教室上課，把它獨自留在空教室裡，它還看到有個女生慌慌張張地跑回來拿課本、聽到了借書人和朋友愉快地討論要把家政課做的餅乾送給哪個男生。書本都深愛著讀了自己的人，會仔細地看著他們的一舉一動，專心地傾聽他們的每一句話。」

結的語氣很溫暖，就像在談論自己的朋友；他鏡片底下的眼睛閃閃發亮，明確而有力地說道：

「馬拉松是體育課的內容，高麗菜捲和香菇飯是家政課煮的菜色！星期一有國文課、體育課和家政課的二年級班級只有二年一班！也就是說，這些留言是二年一班的學生寫的！還有一句『b怎麼練都練不好』，b指的應該是降b調單簧管。我猜寫留言的可能是管樂社的內向女學生，或是有在練習樂器的人！」

害怕得臉色蒼白的內向女學生睜大了眼睛。

水鞠也聽得啞口無言。

結從電腦前站起來。

「我們走吧。」

「走？去哪？」

「榎木同學……」

水鞠和內向女學生都一臉疑惑，榎木走向門外，躍躍欲試地說：

「去二年一班，問問看有沒有人在練習樂器。」

水鞠驚訝到甚至忘了飢餓。

結跟她只是今天在圖書室碰巧坐在鄰座，但他對水鞠既不厭惡也不輕視，誠懇地聽她說話，還幫她調查留言者的身分，而且準備親自去見那個人。

為什麼他要這麼熱心地幫她？

水鞠的口袋裡還放著結給她的巧克力棒。她明明那麼飢餓，瘋狂地想吃東西，如今卻連巧克力棒都顧不得，只是驚訝地跟在結的身後。

跟結一夥的女學生也一樣，她看起來很膽小，應該不希望扯上這種麻煩事，但她此時也戰戰兢兢地跟在水鞠後面，似乎很想知道事情會如何發展。

水鞠在圖書室和結說話時，打掃時間和班會時間都結束了，走廊上擠滿了正要回家的學生，以及正要去參加社團活動的學生。

結在這些學生之間毫不遲疑地往前走。

二年級的教室在二樓。爬上樓梯最先看到的就是二年一班。

結真的打算找出留言的人嗎？打聽這種事不會讓人覺得很奇怪嗎？就算真的找到了，對方說不定會惱羞成怒，又寫出更過分的留言。如果那人當面揭穿水鞠在廁所裡吐掉哈密瓜麵包的事，罵她是豬，又該怎麼辦？

「榎木，還是算了吧，別去了。」

水鞠承受不住湧上喉嚨的恐懼，正想拉住結的外套袖子阻止他時……

二年一班正好有個女學生走出來。

她身材瘦削，神情恍惚，瘦弱的肩膀掛著黑色的盒子。水鞠一眼就能看出盒子裡裝的是樂器，嚇得心臟都快停了。

「不好意思，可以打擾一下嗎？」

結爽朗地詢問那個女生。

而且他還問得非常直接。

「我正在找尋在靈薄獄留言『哈密瓜麵包味道的豬』的人。那人應該是這一班的學生，妳知道些什麼嗎？」

那女生的臉上逐漸浮現驚訝和恐懼，水鞠猜她就要尖叫了，緊張得全身僵硬。跟結一夥的女學生也在一旁緊張地繃緊肩膀。

不過那個女生只發出一些無意義的低聲驚呼，身體搖晃幾下，跟樂器盒一起倒下去。

結扶不住那個女生，跟她和樂器盒一起倒在走廊上。

「哇！糟了！得送她去保健室！快來幫忙！」

結把那個女生的頭枕在自己的腿上，對水鞠她們叫道。

和結一起的女學生依然畏畏縮縮，但水鞠很快就回過神來，趕緊跑去幫忙。有很多人跑過來看。

「怎麼了？她昏倒了嗎？」

「是一班的路村。那女生太瘦了啦。」
「聽說她吃了東西都會立刻吐掉，老是在廁所裡催吐。」
「那就是所謂的飲食障礙症嗎？」
周圍人們說的話讓水鞠聽得又驚又怒，她和結一起把那女生送到了保健室。
保健室老師一看到那昏倒的女生，就皺著眉頭說：
「哎呀，是路村同學啊。真是的，如果她正常進食，很快就會恢復健康了……」
老師讓路村躺在床上，說要去通知她的級任導師，就走出保健室了。
水鞠和結他們一起看著躺在床上的路村。
此時路村的睫毛顫抖，睜開虛弱的眼睛，從床上看著水鞠等人。
「！」
她一看到結就瞪大眼睛，好像立刻就會跳起來。結趕緊鞠躬道歉，伸出雙手阻止她。
「對不起！我不是故意要嚇妳的！突然問妳那種問題，真的很抱歉！」
路村看到結如此誠懇地道歉，反而有些錯愕。她被扶著躺了回去，呆呆地看著拚命道歉的結。
結一再道歉，說話的溫柔語氣感覺得出非常擔心路村：
「不過，在靈薄獄留言的人就是妳吧？否則妳應該不至於嚇昏。」

路村的眼中漸漸盈滿淚水。

淚珠滑下臉頰，沾溼了床單。

「因為……社團裡的學長跟我說『妳胖了耶』……讓我大受打擊。我努力地減肥……越來越不敢吃東西……我每次吃東西，都會聽到『豬，豬』的聲音……就忍不住跑到廁所去吐……」

那軟弱無力的聲音透露出路村深受的折磨，水鞠聽得心都揪緊了。

路村雙手食指和中指的根部和手心這一面的關節都有傷痕。水鞠猜想那是她用手指挖自己喉嚨催吐而造成的吐繭，胸口更鬱悶了。

水鞠吃東西不會吞下去，而是直接吐出來，但路村都是把食物吞下去再吐出來。

她實在太傻了……

可是，她一定是和我一樣控制不了自己！

結繼續溫柔地問道：

「妳在靈薄獄的留言不是在批評別人，而是在說自己吧？」

路村含淚點頭，回答：

「因為……我是豬……才剛吐完……又想吃東西……我不斷地想要吃東西……前陣子也是……剛吃完從福利社買來的哈密瓜麵包……就去廁所吐了……弄得整間

廁所都是哈密瓜麵包的味道……」

『哈密瓜麵包味道的豬』

路村寫出那些字句時是怎樣的心情呢？

就像在自殘一樣，她不斷地苛責自己。她明明這麼瘦，都已經瘦成皮包骨了，手腳細得好像輕輕一折就會斷掉。

「……我……一定會……墮入暴食地獄……」

「路村同學，妳也讀過《神曲》啊？」

聽到結的詢問，路村無力地點頭。

「嗯……因為我很在意但丁……而且我覺得自己一定也會淪落到那種下場……爬在泥濘中，被克爾貝羅斯撕碎、啃食……不過克爾貝羅斯也是怎麼吃都吃不飽……就像我一樣……我越看越難受……看到一半就看不下去了……」

『醜陋的豬。』

『趴在地獄的泥沼中，被克爾貝羅斯撕裂吧。』

深深折磨著水鞠的字句染上悲傷的色彩，在她的腦海中漸漸淡化消失。

這女孩也在受苦。

她至今依然承受著暴食慾望的折磨。

那位學長對路村說「妳胖了耶」或許沒有惡意，或許只是隨口說說。但他的那句話一直束縛著路村，令她覺得自己一定得變瘦，最後甚至不敢吃東西。

……我也一樣，那些話明明不是對我說的，我卻被逼得不斷吐出食物。

我和這女孩的心靈都太脆弱了。

別人隨口幾句話就讓我們心神不寧，開始鑽牛角尖，被自己的妄想折磨得半死。

可是，這也是無可奈何的。

因為我和這女孩都是這麼想。

我們都覺得自己是醜陋的豬。

水鞠很想安慰低聲啜泣的路村，但又不知道該說什麼。她朝著病床探出上身時，口袋裡有個東西沙沙作響。

那是結給她的巧克力棒。

她從口袋裡拿出光亮的銀色包裝，撕開袋子，露出半支巧克力棒，遞給路村。

「吃吧。」

路村淚眼矇矓地看著水鞠，顫抖著嘴脣，望向她手中那支褐色的巧克力棒。乾裂的嘴脣好不容易發出細微的聲音。

「……不行。」

結把銀色包裝的巧克力拿給水鞠時，水鞠也拒絕了。

正是因為這樣，水鞠非常了解路村的身體是多麼渴望巧克力棒，又是多麼糾結地把視線從巧克力棒轉開。

所以水鞠向路村走近，把富含人體所需營養的巧克力棒拿到她嘴邊，強硬地說：

「為什麼不行！現在妳需要的不是減肥！而是吃東西！把食物吞進胃裡！」

「我也一樣！我和妳犯了相同的罪！我很怕身邊的人覺得我變胖了，一吃東西就會吐出來。我一直都在餓肚子，一直都好想吃東西，好想吃，好想吃！」

淚水從路村的眼中流出，沿著臉頰滾落。

她溼潤的烏黑眼睛驚訝地仰望著水鞠。

「我也是！我也一樣！」

水鞠再次叫道。她縮回拿著巧克力棒的手，掰下露出包裝袋的半塊，放進自己嘴裡。

她細細咀嚼混入堅果和果乾的巧克力，微苦和酸甜的滋味在舌頭上擴散開來，讓她好想哭。

啊啊，真好吃。

充分地咀嚼，充分地品嘗，然後吞下去。她的嘴裡很乾，吞嚥有些困難，但她還是感到非常滿足。

路村坐了起來，表情有些不安。水鞠比剛才更有力地把巧克力棒朝她遞出。

「一口就好。吃吧！」

水鞠說道。

路村的表情越來越惶恐，越來越扭曲。

水鞠想必也是一樣，她也抑制不住心中的恐懼和不安，但她還是緩緩舉起右手，說道：

「一起吃吧，沒事的。妳不是孤單一人，有我陪著妳。我也會一起吃的。」

路村的手朝她伸出。

快要碰到水鞠握著巧克力棒的手，但又停了下來。

路村的眼睛緊盯著褐色的巧克力棒。

差一點。

就只差那麼一點點。

這時，有個清澈而愉快的聲音說道：

「路村同學，吃東西不是罪惡喔。」

說話的人是結。

大眼鏡底下的眼睛溫柔地瞇起，令人心情放鬆的溫和開朗聲音。那個初次見面卻莫名令人感到親切而帶著暖意的男孩繼續說。

「妳不是讀過《神曲》嗎？犯了暴食罪的人確實要受懲罰，被克爾貝羅斯啃食。不過，吃東西如果有罪，那全世界的人都是罪人了。」

「既然神把人類設計成必須吃東西才能活下去，那吃東西就不是壞事，當然也沒有罪。妳不這麼想嗎？」

他說得沒錯。

人不吃東西就會衰弱而死，吃東西怎麼會有罪呢？

水鞠聽結說話聽到出神。

路村也一樣，就連結身後那個縮著身子的內向女學生，也神情專注地聆聽著結的話語。

結露出了微笑。

「真正有罪的是不知足，吃了必要的分量之後還想吃更多。所以，只吃必要分量的食物不算是犯罪，也不會墮入地獄！這是非常了解神和《神曲》的朋友告訴我的！」

水鞠不知道結說的朋友是誰，也不知道這位朋友是不是真的存在，路村和結身後那位扭捏不安的女孩一定也不知道，但結斬釘截鐵的語氣和表情都莫名地有說服力。

路村原本停住的細瘦手臂碰到了水鞠的手。

水鞠用雙手拉著她的手握住巧克力棒，輕輕推到她的嘴邊。水鞠依然輕握著路村的手。

我會陪著妳。

沒事的。

這不是犯罪。

水鞠如祈禱一般在心中不斷地說著，路村在她的注視下慢慢張開嘴巴，咬了一小口巧克力。

她在水鞠等人的看顧之下慢慢地、慢慢地咀嚼，咕嚕嚥下。

沉默蔓延在保健室中。

「應該……沒問題。」

路村喃喃說道，一滴淚水從臉頰滑落。

◇　◇　◇

清良沒跟任何人提到當時目睹的事。

因為結對她說「今天的事就當成我們的祕密吧」。清良太過震驚，完全不知道要怎麼回答。

司書初音老師發現結和清良都不在圖書室，問他們去哪裡了。她說清良的功課才寫到一半，書包也沒有帶走，桌上還丟著一堆書，到底是怎麼回事？

清良嚇得不知所措，結在一旁輕鬆地回答：

「鈴井同學帶我去參觀學校了，我們打算出去一下就回來，所以東西就留在圖書室裡。至於桌上那些書，可能是有人在查資料的時候突然有急事，顧不得收拾就跑掉了吧。」

初音老師還是一副難以釋懷的神情，但是看到清良和結處得這麼好，讓她比較放心了。

「妳和榎木成了圖書室的好夥伴，太好了。」

她微笑著說道。

真的是這樣嗎……

在保健室的時候，結笑咪咪地看著路村同學吃下半根巧克力棒，悄悄地對清良說：

──如果我跟妳說，那位非常了解神和《神曲》的朋友就是《神曲》「本人」，妳會相信嗎？

他是在說笑嗎？就像他說自己聽得到書本聲音的那次一樣？

還是……

清良沒有回答，結也不在意，他的笑容爽朗得像是秋季的天空。

第二個P　色慾

「榎木，你是幾年級啊……？」

清良這麼問道，戴著一副大眼鏡、頭髮末端有些捲翹的男孩坐在對面座位上寫功課，一邊悠哉地回答：

「應該跟妳一樣吧。」

「咦……你也是一年級嗎……？」

清良的語氣這麼疑惑，是因為結怎麼看都不像和她同齡。

這位自稱榎木結的少年某天突然出現在長久以來獨自待在圖書室的清良面前，向她打招呼，說他今後也會待在圖書室。

正如他所宣示的，今天他一大早就來到圖書室，向清良打招呼說「早安」後坐在她對面的座位寫功課。清良偷瞄他的功課，發現他寫的題目和她一樣。清良還得一邊看課本才答得出來，但結什麼參考書都不用看，手上的自動鉛筆就能寫個不停。

榎木到底幾歲了？清良突然想到這件事，於是問他是幾年級的。

「你一年級？真的嗎？」

他們的作業內容的確一樣。

結苦笑著說：

「喔，我常被人家說太老成，不像國中生。」

「呃……你的身高、聲音和長相確實像國中生，可是……你知道很多事情，個性又很穩重……我還以為你比我年長。」

結聽到清良說他身高、聲音和長相都像國中生，好像有些沮喪，但他隨即笑著說：

「是啊，其實我因為某些理由而留級了……所以我雖然和妳同年級，但年紀比妳大一點。」

接著他開朗地說：

「啊，不過妳不用叫我『學長』，也不用對我使用敬語啦。妳在圖書室的資歷還比我深呢。」

留級……是因為什麼理由呢？成績太差嗎？可是國中應該沒有留級制度吧？那就是因為生病而缺席太久囉……

但是結看起來很健康。

最後清良還是沒問他到底幾歲。

雖然結和清良一樣不進教室，一直待在圖書室裡，但他似乎不像清良這麼害怕跟人說話，也不怕走進教室，反而跟誰都能輕鬆地攀談，去到任何地方都能自然而然地融入，就連清良這種不敢跟人往來、講幾句話就戰戰兢兢的人，結也能正常地跟她相處。

總之結的身上充滿了謎團。

包括他說自己聽得到書本的聲音。

清良覺得他是在開玩笑，但昨天的事若不是他真能聽見書本的聲音，又要怎麼解釋呢……清良心中的疑問越來越多了。

結的身邊擺著一本厚重的書，書頁側面燙了金，看起來金光閃閃。那本書就是結稱為「朋友」的《神曲》。

——我會來到這裡，都是為了各位和那七本《神曲》。

他昨天在書櫃前說了這句話。

那是在自言自語嗎？還是……

《神曲》描寫了作者但丁遊歷地獄的所見所聞。他在詩人維吉爾的引領下走進地獄之門，最初到達的地方是叫作「靈薄獄」的第一層地獄……

學校的地下網站也叫這個名字。

建立網站的人或許就是用《神曲》來為網站命名的。

那本書裡一定寫了很多可怕的事。結翻書給清良看的時候，她看到的插畫都是裸體的人們徘徊在漆黑的地方，或是長角的怪物在發狂，令她害怕得渾身發抖。

清良並不想看那本書，但是書放在桌上，她的視線還是忍不住被吸引過去。即使知道內容是在描寫地獄，她還是覺得那本書很美，書頁邊緣高貴地閃爍著金光，封面上的書名也散發著七彩光輝……

「妳對這本書有興趣嗎？要不要讀讀看？」

被結這麼一問，清良大吃一驚。

她又忍不住看那本書看呆了。她連忙轉開視線，搖頭說：

「我……不敢看恐怖的東西。」

「不會恐怖啦。主角但丁遊歷了地獄、煉獄和天堂這三個世界，跟很多知名的歷史人物或神話人物交談，聽起來就像是投胎到異世界的輕小說，或是可以召喚歷史名人來作戰的線上遊戲，很令人興奮吧？」

「可是……犯了暴食罪的人會被克爾貝羅斯吃掉吧……？」

「是啊，在地獄第二層，犯了色慾罪的人還會被黑風吹來吹去，無法控制自己的身體呢。」

結說著邊翻開那頁給清良看。但丁和維吉爾站在峭壁上，黑風從他們的頭頂掠過，無數赤裸的人在暴風中哀號。

這本書果然很恐怖。

結很快地就把書轉回去，沒讓清良繼續看那一頁，但他還不打算停止對清良

「傳教」。可能是他前幾天剛被初音老師念過「榎木同學，在圖書室裡不要一直聊天」，他先瞄櫃檯一眼，確認那邊沒有人，才面帶微笑地說：

「在此處受罰的罪人包括了殺死丈夫而當上亞述女皇的謝米拉密絲、被英雄埃涅阿斯拋棄後自殺身亡的迦太基女王蒂朵、知名的埃及女王克勒奧帕特拉，還有引起特洛伊戰爭的赫勒娜喔。不過她在這本書裡被稱為海倫。」

他熱情洋溢地繼續說道：

「還有保羅和芙蘭切絲卡！這兩個人是真實存在的歷史人物，他們的悲劇故事非常感人呢。芙蘭切絲卡本來是和保羅的哥哥詹綽托談婚事，但詹綽托相貌醜陋，所以請英俊的弟弟保羅代替他去相親，結果他們兩人墜入了情網，跟芙蘭切絲卡結婚的卻是哥哥詹綽托。後來詹綽托發現保羅和芙蘭切絲卡之間的姦情，當場殺死了他們兩人。呃……鈴井同學，妳的臉色很差耶。對不起！妳不敢聽這種話題吧？」

結闔上書本，緊張地道歉。

清良縮著身子，忍耐著不讓自己發抖，一邊說道：

「不會……是我太膽小了……別人聽到這個故事一定會覺得很浪漫吧……我也覺得他們兩人墜入情網的故事很棒……可是後來他們被哥哥……」

光是想像氣急敗壞的哥哥拔刀刺進這對情侶的心臟，清良就覺得自己的胸口也被插了一把利劍。

「真的很抱歉。都是因為我太軟弱了……才會連教室都走不進去……」

她是從何時開始害怕別人的話語呢？

清良從小就很怕聽到罵人的話語、憤怒的話語、惡意的話語，看電視時只要出現罵人的畫面，她就會嚇得心臟緊縮，摀住耳朵，不敢再聽下去。

隨著年齡增長，身邊的同學變得越來越成熟，說話也越來越難聽。

從清良以前的小學來讀私立天司中學的人沒有很多，在這所舉目無親的地方展開國中生活也讓她備感壓力。

當她聽到教室裡傳出男生們打鬧的聲音，以及女生們抱怨他們的聲音，她的雙腳就動彈不得，她試著逼自己往前走，胸口卻鬱悶得像是壓著大石塊，令她站都站不穩。

後來她再也沒辦法走進教室。

「……這不是你的錯……是我自己太奇怪了……」

雖然清良這麼說，結還是一臉擔憂，似乎很愧疚，讓清良都有罪惡感了。

這時結突然轉動眼珠，慌張地揮著雙手說：

「慢著，夜長姬，不是，不是啦，我沒有劈腿啦，別再詛咒我了……」

清良不明所以，愣愣地看著他。

結從口袋裡拿出一本淡藍色文庫本。

「我的女友只有妳一個，所以別再生氣了，好不好？我晚點再好好地翻妳。」

他像在演喜劇一樣，努力地解釋。

結的女友似乎安靜下來了，他不好意思地望向清良。

「呃……如妳所見，我在一般人的眼中也很奇怪，所以妳不需要太介意啦。還有，夜長姬的詛咒從來沒有應驗過，所以妳大可放心。哇！我不是看扁妳啦！」

結又開始慌張地道歉，清良看著他這副神態，心情也漸漸放鬆了。

「你剛才說的愛情故事很嚇人……不過你和女友說話的樣子……還挺可愛的……」

「咦！」

被清良這麼一說，結面紅耳赤地喃喃說道：

「我都不知道該高興還是該難過了……」

這時後方傳來哽咽的聲音。

是誰在哭呢？

清良頓時縮起身子，結又跟上次一樣繃緊臉孔，站起來走向書櫃。

◇ ◇ ◇

吳林沙沙子在圖書室裡拿著《萬葉集》哭泣，她肩膀顫抖，口中發出嗚咽。

雖然她極力忍耐，還是止不住哽咽，鼻水都流出來了。真丟臉。

不過這裡是圖書室的角落，又有鐵製書櫃遮住她的身影，只要忍住不發出聲音，應該不會被別人發現。

絕望的情緒幾乎擊碎了她的心，讓她無法不哭泣。

沙沙子懷著微薄的希望，再一次在《萬葉集》中仔細翻找，無論怎麼翻，都找不到她期待的甜蜜留言。

難道不是這本書嗎？

可是老師寫在黑板上的文章的每行第二個字連起來看，確實是「茜紅色」（akane），這代表老師把要給她的訊息藏在《萬葉集》裡。

──《萬葉集》裡收錄了很多熱情的詩歌，充滿了生命力，所以把我們之間的話語寄託在《萬葉集》，就代表著熱情。

《古今和歌集》代表著婉約，《枕草子》代表著開心，《源氏物語》代表著衝動和慾望……

就像這樣，和成年男性的浪漫關係令她深陷其中。

老師比沙沙子大十三歲，已婚，有兩個孩子，但是聽說他和太太關係很差，正在談離婚。

——我的心裡只有沙沙子一個人。

老師在人前都叫她的姓氏「吳林」，私下在一起的時候就會輕聲細語地叫她「沙沙子」。每次聽到老師叫她的名字，她的身體都會開心得顫動。

老師夾在書本裡的留言也都是親熱地喚著她「沙沙子」、「沙沙子」。

她一看到那些文字就心神蕩漾，覺得自己的名字「沙沙子」變得好美好美。

可是，應該夾著老師留言的《萬葉集》為什麼只看得到這些平凡無奇的和歌呢？

昨天出現的暗號是「小町」（komachi），指的是《古今和歌集》。可是她在《古今和歌集》裡也沒有找到老師的留言。

再前一天是「光」（hikaru）暗示的《源氏物語》，如果是《枕草子》，暗號則是「黎明」（yoake）……

為什麼找不到老師給我的留言呢？黑板上的暗號明明是這樣指示的。

他明明只對我一個人溫柔體貼，像對待成熟女人一樣地對待我，不斷地用話語、用文字告訴我他愛我。

書裡為什麼沒有老師給我的留言呢？沙沙子正吸著鼻水、壓低聲音哭泣時，突然有個聲音說：

「這個拿去用吧。」

旁邊遞來一包夾著商店街廣告的面紙，那是個戴眼鏡的男孩。他身材矮小，穿著過大的制服外套和長褲，一頭柔順黑髮的末梢輕盈地跳動。

竟然有人！竟然被人看到我在哭！

沙沙子慌了。

「謝……謝謝你。」

沙沙子接過面紙，擤了鼻涕，正想抱著《萬葉集》離開時……

「可以耽擱妳一下嗎？」

眼鏡少年又對她開口說道。

「如果妳要找老師的留言，應該是夾在三島由紀夫的《潮騷》，而不是《萬葉集》。」

沙沙子嚇得心臟差點停止。

她重新打量那位眼鏡少年，他的烏黑眼睛閃閃發亮，臉上帶著爽朗笑容，又說出了更令沙沙子驚訝的發言。

「聽說那是老師今天早上夾進去的。順帶一提，昨天是《伊豆的舞孃》，更早之前是《若菜集》。」

「你、你在說什麼啊！你怎麼會知道老師的事？」

眼鏡少年仍是一副輕鬆自在的表情，對滿心混亂、驚慌失措的沙沙子說：

「是書本告訴我的。」

「別開玩笑了！你說留言夾在《潮騷》裡面也是騙人的吧？你是在耍我吧？」

「妳可以自己去翻翻看。書本是不會說謊的。」

沙沙子本想離開，但是聽到自己這麼渴望的留言就在那裡，她忍不住不去找。

「不是文庫本，是精裝本。」

少年神情自若地補充說道，在他身後有個看似內向的女學生戰戰兢兢地望著沙沙子。

可能是沙沙子剛才驚慌大叫，才惹得她跑過來看情況。真是太丟臉了。

為了掩飾自己的尷尬，沙沙子刻意大步走過去，在精裝版文學全集之中找到《潮騷》，抽出來，屏著呼吸迅速翻找。

結果裡面真的夾了一張紙。

是老師的留言！

啊啊，終於能讀到老師寫的甜美話語了。沙沙子又快要哭了，她完全忘了那個眼鏡少年以及他身後的女學生。

這次她是喜極而泣。

原本應該是這樣。

那張留言不是手寫的，而是打字列印。不只如此，上面竟然寫了沙沙子不認識的名字。

『千尋：

昨天的妳就像初江一樣熱情。
我也想像新治一樣，跳躍熊熊的火焰去親吻妳。
我在課堂上向妳打暗號，妳看到了嗎？』

這不是寫給我的吧？
千尋這個名字在沙沙子的腦海裡不斷盤旋，令她心臟狂跳。
這篇打字列印的文章無論她橫看豎看或斜看，都找不到自己的名字「沙沙子」。
「聽說把留言夾在《潮騷》裡面的老師是圖書室的常客，但他不是來看書的，而是為了把留言夾在書裡給女生。此外，他留言的對象都不一樣，《伊豆的舞孃》的留言是給『優衣』的，《若菜集》的留言是給『律花』的。」
聽到眼鏡少年用憐憫語氣說出來的話，沙沙子更錯愕了。
優衣？
律花？
還有千尋……
除了我以外還有三個人？
絕望的心情令她雙腿發軟，癱坐在地，已經停止的淚水又像濁流一樣從臉頰滑

「千尋……是誰？」

落。

「這不是真的吧？這是你的惡作劇，不是老師寫的吧？拜託你承認吧。如果老師真的叫了我以外的女生的名字，輕聲細語地對她們說出他對我說過的話，對她們做了他對我做過的事，那我……我……我就不想活了，還不如死了比較好！」

沙沙子全身熱得像是被火焚燒。

腦袋亂成一團，心臟疼痛欲裂。是啊……與其失去老師，我寧願死。

因為我除了老師以外，什麼都沒有。

國一的時候我從未掉出全校前十名，升上國二之後，我在全學年一百五十人之中掉到七十名，後來一直沒再進步。

媽媽說「我本來以為妳會表現得更好，結果卻沒有」，爸爸也說「不要只顧著玩，要用功一點才行」。

為什麼他們覺得我沒有努力呢？

我每天都很用功讀書啊，可是上課的內容不像以前那麼順利地進入腦袋，而是摻雜著許多雜音，我完全聽不懂，但老師還是繼續教下去。我為了不讓課業落後而拚命用功，每天複習到深夜，但那些內容彷彿在大腦表面彈開了，完全吸收不了。

我辜負了大家的期望。

如果父母和其他人都對沙沙子不抱期望，那她就沒有存在的價值了。即使沙沙子這麼焦急、痛苦、全身刺痛、心靈瀕臨崩壞，也沒有人會注意到。不對，就算他們注意到了，大概也只會冷淡地當作沒看到，或是責備她不夠努力。

——我還以為沙沙子應該是更聰明的孩子。再這樣下去一定考不上第一志願的高中。

他們只會嘆著氣這樣說。

任何人……

任何人……

任何人……

都不了解我的心情！

可是，老師跟他們不一樣。只有老師會正視她。老師從穿著相同制服的大批女孩之中挑中了沙沙子，像王子一樣溫柔地牽起沙沙子的手，拯救了她。

父母對她不抱期待，捨棄了她，老師卻把她看得如此特別。

老師稱呼其他女孩都是叫姓氏，只有對她才是叫名字。

——沙沙子

——沙沙子

就像叫著世上最美、最有價值的東西一樣，既甜美又溫柔，有時還很熱情。

而且老師還教她怎麼看只有他們兩人知道的暗號。

——只要把我寫在黑板上的文章的每行第二個字連起來，就會看到我給妳的暗號。

——我會把給妳的留言夾在書裡，「茜紅色」（akane）代表《萬葉集》，「小町」（komachi）代表《古今和歌集》，「黎明」（yoake）代表《枕草子》，「光」（hikaru）代表《源氏物語》。

和老師在一起的時光總是甜蜜又刺激。

學校裡有很多女學生，但是跟老師交往的想必只有沙沙子一個人。因為老師愛著沙沙子，所以沙沙子不會失去他的關注，她就像故事的女主角一樣，成了最特別的女孩。

沙沙子本來是這樣想的，事實卻和她想的不一樣。

夾在《潮騷》裡的留言印著沙沙子以外的女生的名字，這個事實深深刺傷了她的心。

這不是真的。

老師給沙沙子的留言都是漂亮的手寫字體，沒有一次是用打字的。

所以這一定是個惡意的玩笑。

這個眼鏡少年說的話全是假的。

人也不可能聽得到書本的聲音。

沒錯，全都是假的。

不過……如果……如果老師真的和沙沙子以外的女生交往，如果沙沙子對老師而言不是特別的，那她真的不想活下去了。

「你承認吧，承認你是騙人的。我不會生氣的。快告訴我這不是事實，這只是個玩笑，否則我真的會去死！」

眼鏡少年背後的內向女學生臉色蒼白，好幾次怯懦地縮起身子，而眼鏡少年雖然也一臉煩惱地聽著沙沙子的苦苦哀求，卻沒有說出沙沙子想聽的話。

「很遺憾，老師明明有妻有子還勾搭了好幾個女學生是如假包換的事實，『大家』都是這麼說的。他把留言夾在書裡也是因為國中女生喜歡這種甜蜜的花招，而且簡單又便宜。在我看來，這種行為是絕對不該做的。」

看來她還是只能自殺了。除此之外都沒辦法消除這種全身刺痛、頭痛欲裂的苦楚。

因為老師是她的一切。

當沙沙子正在考慮要割腕還是要跳樓時……

眼鏡少年突然用生氣蓬勃的開朗語氣說道：

「為那種可惡的老師自殺太愚蠢了，妳要不要報仇呢？」

◇　◇　◇

我……到底在做什麼……

沙沙子還沒搞清楚自己處於什麼情況。

午休時間，沙沙子走在走廊上。

她來到一樓最邊緣的圖書室，門上貼著一張紙，寫著「今日借書業務暫停」。

開門走進去一看，除了眼鏡少年和那位內向女學生之外，還有四位女生。

那些女生全都和老師在交往。

每個人的表情都很認真，也很不安。

「老師明明跟我說，他不是喜歡國中女生，只是喜歡的人剛好是國中生……」

「靈薄獄流傳的外遇老師果然是在說他吧……虧我還一直擔心，怕大家會發現我是老師的戀愛對象……結果竟然不只我一個……」

「老師還對我說，能讓他這麼痴迷的只有優衣一個人……」

有人哭了，還有人沉默不語，像是已經捨棄了感情。

她們看起來都不像是在演戲欺騙沙沙子。

——妳要不要報仇呢？

眼鏡少年笑著這麼提議的時候，沙沙子整個人都愣住了，自殺的念頭也消散了。

——我叫榎木結，我是書本的朋友。只要妳願意，我也可以當妳的朋友。我們把老師用留言勾搭的女生全都找來，大家一起教訓他一頓吧。

他說完以後，真的把跟老師有關係的那些女生全都叫來圖書室。他到底是怎麼說服那些人的？

就像說服沙沙子的時候一樣，他跟她們也說了「是書本告訴我的」嗎？

沙沙子還沒整理好心情，那些女生不知為何全都看著她，似乎把她當成了這項行動的發起者。

她該怎麼解釋，不是她提議復仇，也不是她召集那些女生，那些事都是結做的。

這時有個身材適中、長相俊美的男人走了進來。

是老師！

「咦？怎麼回事？妳們怎麼會……」

在女學生之間很受歡迎的國文老師桐島驚愕地看著沙沙子等人，都快被嚇昏了。

看到他驚慌失措的表情，沙沙子不得不相信結從書本那裡聽來的事都是真的。

「明明是初音老師叫我來的，怎麼會……」

看到自己勾搭的女生出現在圖書室，而且一次來了五個人，桐島根本解釋不清，他眼珠轉個不停、手足無措的模樣太過滑稽，讓沙沙子腦中緊繃的情緒都消散了。

女生們眼中含淚。

「老師，你的女友不是只有我一個嗎？」

「虧我這麼相信你。」

她們如此哭訴著。

「你說我像《潮騷》的初江一樣清純可愛，都是騙人的嗎？」

「你說我就像《伊豆的舞孃》的阿薰。」

「你還說要把《若菜集》歌詠初戀的詩句獻給人家……」

桐島慌張地解釋：

「不是啦，那只是一些小小的福利，因為我覺得這樣可以讓妳們開心。我已經結婚了，孩子也還很小，妳們應該也不希望被別人知道妳們和老師搞婚外情的事吧？」

這番話根本算不上解釋。

桐島可能是太驚慌了，他根本不知道自己在說什麼。

不知是不是因為沙沙子一直沒開口，桐島可憐兮兮地垂著眉梢，求助地望向她。

是啊，只有沙沙子對老師而言是特別的……

沙沙子走向老師，舉起手臂。

啪！的一聲，一巴掌打在桐島的臉上。

「不要小看國中生，你這個戀童癖老師！」

桐島腳步踉蹌，跌坐在地上，摸著紅腫的臉頰，愕然地望著沙沙子。

他的嘴巴一張一合，卻說不出話。

沙沙子的右腳用力踩在桐島的雙腿之間，把他嚇得半死，然後她惡狠狠地瞪著他說：

「把留言夾在文學作品裡就能把國中生迷得暈頭轉向？既簡單又便宜？到處跟人說些不負責任的甜言蜜語，你以為自己是光源氏或在原業平嗎？如果消息傳出去，你覺得大家會罵勾搭的還是被勾搭的？」

「我才不會忍氣吞聲！要說我做錯什麼事，那就是喜歡上你，還把你這種垃圾老師當成神明！我真是瞎了眼，真是個大笨蛋！」

「我會對自己的愚蠢和幼稚負起責任！如果別人罵我，那我就認命地接受，做為將來邁向幸福的動力！這就是我對你的復仇！」

沒錯，為這種男人死掉真是太不值了。

如果和老師搞婚外情的事曝光，父母和校方都會痛罵她，大家還會冷眼看她。

但沙沙子願意接受懲罰。

沙沙子還是國中生。

無論怎麼被人批評、被人可憐，都只是暫時的，人們很快就會忘了這些小事。

只要沙沙子放下自己愚蠢的執著，繼續向前邁進，就會漸漸遠離這一切。

這些事遲早會看不見，遲早會消失。

沙沙子原本覺得很特別的老師雖是成年人，卻一點都不特別，如今他狼狽地趴在地上，不斷地道歉說「對不起，對不起」。

其他女生都露出了清醒過來的表情，從她們望向沙沙子的眼神還能感覺出光明的希望。

不過有一個女生面無表情，也沒有說話……她頂著髮梢參差不齊的烏黑短髮，戴著眼鏡……沙沙子到現在還沒聽到她開口說話。

她是不是還愛著老師呢？

真是如此也沒辦法，沙沙子只能期待她有朝一日能放下不需要的東西，向前邁進。

如果她覺得和老師之間的回憶是必要的，她大可把這段回憶藏在心裡的角落，沙沙子希望她不要被這回憶絆住，勇敢地走出去。

如此一來，她一定會像此時的沙沙子一樣，心情變得無比輕鬆，前途變得開闊又明亮。

結和身旁的內向女學生也用清澈的眼神看著沙沙子，像是在為她加油打氣。

那個女學生彷彿自己也受到了鼓舞。

◇　◇　◇

「歷史上的愛情故事或許有很多都像保羅和芙蘭切絲卡的關係一樣不道德，只是被後人潤色改編，才變成了浪漫感人的故事。」

國文老師桐島勾搭多位女學生的天大醜聞曝光的隔天。

圖書室今天很安靜，結坐在清良對面翻著金光閃閃的《神曲》，像是覺得有趣似地如此說道。

桐島老師被開除了，那些女生也被大家議論紛紛，但校方並沒有公開她們的姓名。其中有些人的名字在靈薄獄被公開了，但她們都沒有放在心上。

——被發現就算了。

——是啊，反正不只我一個人。

這些女生成了朋友，還建立了 Line 群組，彼此交流。

不過流言的內容有很多加油添醋。

——聽說圖書室的初音老師和桐島老師搞婚外情，還把桐島老師關在圖書室裡鞭打。

還有人這麼流傳。

——關我什麼事啊！

初音老師非常氣憤，結向她道歉說：

——桐島老師的確是在圖書室受到教訓的，只是後來傳著傳著就變成了桐島老師被圖書室的初音老師教訓吧。

初音老師回來之後看見桐島老師趴在地上拚命道歉，還嚇了一大跳。她先問清楚事情經過，然後帶桐島老師去校長室。當時或許有學生看到了臉色嚴峻的初音老師和垂頭喪氣跟在她身後的桐島老師，才傳出了這種流言吧。

——算了……無所謂啦。至少不是跟桐島老師交往的那些女生被人說閒話。不過，榎木，以後你可別再擅自張貼告示說圖書室暫停服務喔，有什麼事一定要先跟我討論。

聽到初音老師這番話，結笑著回答：

——好的，遵命。

但初音老師還是一臉懷疑，像是在說「真的嗎？」。

清良也不太相信，因為結似乎只要認定自己有理，就會毫不猶豫地行動。

下課時間的圖書室裡沒有多少學生，乍看和以前一樣寧靜，但又有些不一樣。

其中一件就是在清良鄰座寫著筆記本的纖瘦女孩，她留著剪得很隨便的烏黑短髮，戴眼鏡，面無表情，視線卻筆直有力。她是跟桐島老師交往的那些女生之一。

她又來圖書室了，但是沒有跟結或清良打招呼，而是默默地坐在他們旁邊，在筆記本上寫字。

當其他女生們紛紛訴說自己對桐島老師的感情以及遭到背叛的心痛時，只有她從頭到尾都沒有發言；桐島老師道了歉、大家都露出釋然的表情時，也只有她看起來完全無動於衷。

雖然不知道她為什麼來圖書室，但每個人都有自己的苦衷，她的心裡或許還有某些牽掛吧。

另一件事是清良的想法改變了。

「……榎木，我也想讀讀看《神曲》。那個……雖然我還是很害怕，可能沒辦法一口氣看完……但是一次看一點點應該沒關係……」

犯了色慾之罪的人會不斷受到黑風席捲。在漆黑漩渦中哀號的罪人們看起來非常痛苦。

不過，一定也有人能毫不畏懼地朝著黑風走去。一定有人即使被風吹得站不穩，既無助又迷惘，還是能找到肯定的東西，秉持著這份基礎，邁向光明。

說不定《神曲》裡也有這樣的人。

如果清良自己去看保羅和芙蘭切絲卡的故事，或許會有不一樣的感想。

聽到清良這番話，結開心地笑了。

「嗯，太好了。要不要我陪妳一起看呢？」

他才剛這樣問完……

「哇！我沒有劈腿啦！鈴井同學只是圖書室裡的夥伴啦。嗯，嗯，只有在圖書室裡，我們不會一起坐在公園長椅上看書，也不會在晚上一起坐在海邊看書啦。」

他拚命地向「女友」解釋。

第三個P 驕傲

「但丁的嚮導維吉爾是活躍於羅馬時代的知名詩人，他可說是詩人的祖師爺，寫過特洛伊戰爭的英雄埃涅阿斯的故事，《神曲》也提過這位英雄的名字喔。」

涼爽的秋風從敞開的窗戶吹進圖書室，清良和結並肩坐在桌前，兩人之間擺著邊緣燙金的厚重精裝版《神曲》，結一邊翻書，一邊輕聲細語地說明。

占了半頁的細緻版畫黑暗又恐怖，充滿了魄力，清良好幾次被地獄的描述嚇得發抖，但是結在一旁輕快地為她講解寫作背景的小知識，諸如「這裡有什麼含意」、「這個人在歷史上是怎樣的人物」，讓她稍微放鬆了心情。

結說的話題都很有意思，清良時常聽得出神。

——我也想讀讀看《神曲》。

對清良而言，做出這個決定等於邁出了一大步。

她很怕聽到帶有負面情感的發言，怕到連教室都不敢進去，只能一直待在圖書室，就連看書也只能挑溫和良善、確定有快樂結局的書。

可是她在圖書室認識了結以後，獲得了很多無法形容的奇妙體驗，有些還觸動了她的心，讓她覺得自己或許也能向前邁進。

為此，她才主動說要閱讀《神曲》。

結的「女友」很不高興，但結還是努力地說服她，所以現在清良才能一邊看著書中栩栩如生的精緻插畫，一邊聽著結的講解。

「維吉爾創作的《埃涅阿斯紀》也有遊歷地獄的情節，但丁可能是因為這樣才覺得維吉爾很適合當地獄的嚮導吧。不過但丁本來就很崇拜維吉爾，他在《神曲》裡第一次見到維吉爾時興奮得不得了。妳看，就是這裡。」

結用演戲般的誇張語氣朗讀著但丁在這一幕說的話。

『你就是**維吉爾**嗎？那沛然奔騰湧溢的詞川哪，就以你為源頭流盪？啊，你是眾詩人的榮耀和輝光，我曾經長期研讀你，對你的卷帙孜孜。但願這一切能給我幫忙。你是我的老師——我創作的標尺；給我帶來榮譽的優美文采，全部來自你一人的篇什。』

結很愉快地說著「怎樣？很像粉絲見到自己最愛的偶像而欣喜若狂吧？」。

清良想像著但丁在維吉爾面前面紅耳赤、手舞足蹈的模樣，也忍不住笑了出來。她覺得但丁變得很平易近人。

「但丁為什麼會去到地獄……？他也犯了罪嗎？」

聽到清良的問題，結露出了意味深遠的眼神。

「我覺得但丁可能很需要這一趟地獄之旅。等妳讀完整本《神曲》，或許就會明白了。」

「他最後怎麼樣了？」

「呃，妳現在就要聽嗎？」

「啊……我還是自己慢慢看吧。」

結瞇起了鏡片底下的眼睛。

「嗯，這樣比較好。至於但丁犯了什麼罪嘛，他在書裡寫到，自己最擔心的就是煉淨驕傲之罪的地方，還說自己在那裡受折磨的時間一定比別人更久。」

「驕傲……？」

「是啊，但丁應該也意識到自己因為比別人更有才能而得意洋洋吧。話說回來，一個詩人寫出以自己為主角的地獄遊記，這樣還不夠驕傲嗎？」

結露出了戲謔的笑容。

清良的心頭揪緊了。

「那樣……有什麼不對的？」

「啊？」

「有自信……是不好的事嗎？與其像我這樣缺乏自信……那樣應該比較好吧……」

清良落寞地說出這句話之後有點後悔。

我幹麼說這種話啊？

結一定不知道該怎麼回答吧。

不過，結立刻明快地回答：

「嗯，有自信確實不是壞事。我覺得，妳就算比現在更有自信一千倍也不算犯罪，因為妳太謙虛了。」

鄰座那位頭髮剪得很隨便、戴眼鏡的女生一直在筆記本上寫字。她纖細手指握著的自動鉛筆流暢地移動，沒有發出半點聲音，她的臉上也沒有任何表情。

那個女生是不是聽到了我和榎木的對話呢……？

要是被她聽見就太丟臉了……

清良心虛地低下頭去。

「結哥！」

有個愉悅的聲音傳來，一位身材高䠷、長相清秀的男學生走到桌邊。

清良認識這個人。

說是認識，其實只是因為他常來圖書室，而且有很多女生仰慕他，清良才會知道他這個人，但他八成連清良的名字都不知道。

——三年級的潮學長真是出色呢。

——嗯，他長相秀氣，個性溫柔，成績也很好。

——如果能交到一個像潮學長那樣的男友不知該有多好。不過競爭一定很激烈。

清良好幾次聽到女生們這樣談論他。清良第一次在圖書室裡見到這位學長時，也覺得他長得很秀氣，他乾淨白皙的側臉與其說是「帥」，更適合用「美」來形容。不過對一位學長懷有這種想法似乎有些失禮。

此外，清良也覺得他和書本很相襯。

他在擺滿文學作品的書櫃前站得筆挺，低著頭，垂著長睫毛翻書的模樣，美得簡直像一幅畫。

他似乎看過很多書，經常和初音老師聊書。清良聽不太懂他們說的話，但他沉靜而溫柔的聲音聽了就舒服。

此時這位學長正笑容滿面地向結打招呼，結也親暱地回應：

「啊，小潮。」

他說的小潮是指潮學長嗎？

榎木認識潮學長？

結應該和清良一樣是一年級，三年級的潮學長卻稱他為「結哥」，而且結還在他的名字前面加上「小」字，叫他「小潮」。

「怎麼啦，小潮？」

「我來看看你。」

潮說著坐到結對面的座位。

「你的教室不是離圖書室很遠嗎？」

「是沒錯，不過難得能和結哥同校，如果只用 Line 聊天就太浪費了。」

「我們昨天才一起吃過晚餐啊。」

「昨天是昨天。能在我們學校的圖書室和結哥見面，對我來說可是一件大事呢。」

認識至今，結已經讓清良驚訝好幾次了。

此時清良聽到他們兩人的對話，也不禁心跳加速。

她沒有在這麼近的距離聽過潮的聲音，也沒看過他這麼開懷的笑容、這麼高興的眼神。

潮似乎很喜歡、很崇拜結，就像但丁崇拜維吉爾一樣。清良越來越疑惑，他們兩人到底是什麼關係？

「對了，結哥，要不要來辦讀書會？週六在圖書室。我可以去跟初音老師申請。」

「喔，不錯耶。難得有這個機會，不然我們來辦但丁《神曲》的討論會吧？」

「嗯，好啊。參加者有我、結哥、初音老師……啊，妳要不要一起來？」

那雙清澈的眼睛突然朝清良看過來，讓她嚇了一跳。

問、問我？

結也興奮地說道：

「這樣很棒，小潮，幹得好。鈴井同學，我們一起舉辦讀書會吧。啊，小潮的姓名是小關潮，三年級。妳知道車站前的小關書店吧？那是他家開的，他和我是書友。小潮，這位是鈴井同學，一年級，所以你是她的學長。」

結並沒有向潮提到清良不敢進教室，只能一直待在圖書室。小潮一定看得出來，但他沒有多問，只是溫和地笑著說：

「請多指教，鈴井同學。如果妳願意參加讀書會就太好了。」

潮學長真的長得很美麗，聲音也非常動聽，讓清良的心跳得好快。這時她突然感覺到一陣冰冷的視線，令她脖子微微刺痛。

咦……是誰？

坐在鄰座的眼鏡女孩依然面無表情地寫著筆記本，沒有看著他們這邊。

大概是我多心了吧……清良有些不好意思，微笑著回答：

「好、好的，我也會參加。」

◇　◇　◇

為什麼鈴井同學能和潮學長說話？而且還那麼親暱。

根岸冴在鐵製書櫃旁邊看到的畫面令她胸中發燙，彷彿有火在燃燒。

冴除了上課之外幾乎都待在圖書室，這種情況已經快要半年了。天司中學的圖書室和教室位於不同的校舍，走過來要很久，因此下課時間沒有多少學生會來圖書室，對冴來說這樣正好。

因為冴是個「放逐者」。

在學校的地下網站靈薄獄裡，不知道是誰最先提出的，總之大家漸漸如此稱呼被班上同學排擠的人。

——放逐那傢伙吧。

——你知道那個人是放逐者嗎？

在那充滿負面情感的網站的無數留言中，像這樣的對話只是家常便飯。

冴半年前因為一些無聊小事和班上同學吵架了，有人留言提議放逐她，同學們就開始刻意忽視冴。

她沒有被偷走東西，也沒有被人關進廁所，只是被大家當成空氣。

沒有同學會正眼看她。

也沒有同學會向她打招呼。

冴若是跟別人說話，對方只會默默走開。

沒什麼大不了的。

我才不想跟那些低俗的人說話呢。我跟他們的水準本來就不一樣，跟那些笨蛋混在一起也沒意思。

冴死都不想讓別人認為她因為受排擠而感到難過或丟臉，所以走路時都故意抬頭挺胸，直視著前方，而且她從不請假，每天都乖乖進教室上課，成績也一直維持名列前茅。

我遭到排擠不是因為我比他們差。

正好相反。

因為我遠勝過那些人，他們無法理解我說的話，才會憎恨我、排擠我。

冴用這種想法來保護她的自尊心。

所以她並不覺得受傷。

這種事根本算不了什麼。

反正遲早都要換班，遲早都要畢業，到時大家就會各走各的路。

話雖如此……下課時間獨自坐在吵鬧的教室裡，卻沒辦法跟任何人說話，還是讓她感到漫長又難熬。

她很擔心自己是不是露出了可憐的表情，脖子和臉頰緊繃得快要痙攣，聽到別人的閒聊，她都覺得像是在說自己的壞話。於是她在校內四處找尋能避開這些同學的地方，最後找到了圖書室。

在圖書室就算獨自一人也不會顯得奇怪。

而且讀書還能增加知識和涵養。

是啊，與其和那些腦容量小得可憐、詞彙貧瘠的人們聊連續劇或漫畫，還不如一個人在這裡看書來得有意義。

盡量讀一些艱澀的書吧。

讀那些人根本不會看的書。

因為我比那些人更優秀，比那些人更上進。

下課時間只有十分鐘，跑一趟圖書室就要用掉七、八分鐘，但冴完全不在意。下課鐘一響，她就立刻離開教室，彷彿不願意跟那些笨蛋多相處一秒鐘。她快步走到圖書室，翻開擠滿文字、書名深奧的書本，心情立刻放鬆下來。

書本沉甸甸的重量也會讓她感到愉快。

最重要的是，閱讀厚重又充滿艱澀漢字的書本，會讓她感到極度的自豪。

是啊，這就是我。

我和你們不一樣。

午休時，冴會在圖書室裡待得更久。

她叫媽媽不用準備便當，說自己會去買麵包吃，其實她根本沒吃午餐。如果自己一個人在教室吃飯，一定會被人覺得很可憐，與其如此，她寧可少吃一餐，把這些時間拿來看書更有價值。

就這樣，冴開始過起每天跑好幾趟圖書室的生活，然後她注意到一位女孩。

她又來了。

那個女孩總是坐在最後面靠窗的座位，有時看書，有時面前擺著筆記本或講義。

她身材嬌小，看起來很內向。

只要有人大聲說話，她就會嚇得肩膀顫抖，靜靜地低著頭，似乎非常膽小。

要在短暫的下課時間跑來圖書室已經很趕了，不太可能在這裡讀書或寫功課。

但是午休時間的預備鈴聲響起後，其他學生都慌慌張張地離開圖書室，只有那個女生還是靜靜地坐在椅子上。

看到大家因為鐘聲響起而離開，她反而像是鬆了口氣，放鬆肩膀，繼續坐在那裡。

那女孩……一直待在圖書室嗎？

連上課時間也是？

冴後來才知道，有些學生因為生病或受到霸凌，無法在教室和大家一起學習，只能待在圖書室自習。

那個女孩叫作鈴井清良，和冴同年級，但不同班。

清良對聲音非常敏感，開學當天不敢走進教室，在走廊上過度呼吸發作，從此以後她上學都是待在圖書室。

她沒有參與過班上的任何活動，也沒有在教室裡上過課。

原來如此……

原來她只能待在圖書室，沒辦法去其他地方。

每當下課時間有人在圖書室裡大聲喧譁，清良都會害怕得繃緊肩膀，冴看到她這副模樣就會充滿優越感。

我雖是放逐者，但我跟不得不待在這裡的人不一樣，我來圖書室是為了提升自我。

我每天都會進自己的教室上課，也會參加運動會和寫生大會。

那個女孩比我更悽慘、更可憐。

每次來到圖書室，看到清良坐在一樣的座位攤著筆記本，冴就覺得安心。

我才不像那女孩那麼悽慘。

我不會比她更差。

那女孩只能一直坐在那個位置，獨自閱讀幼稚的書，寫講義上的作業。

光是想到這件事，冴的心情就放鬆了許多。

不過，冴最近經常看到有個戴眼鏡的男生坐在清良的對面，神情愉悅地和她說話。

起初清良表現得很膽怯，一副戰戰兢兢的模樣，如今卻跟那個男生並肩坐在一起看書。

戴眼鏡的男學生好像也跟清良一樣成天待在圖書室，但他沒有半點畏縮的樣子，不是神情悠哉地看書，就是開心地和清良說話。

而清良也一樣，冴每次在圖書室看見她，她的表情都變得比先前更開朗，不再總是看著地板。

以前的清良每次聽到有人大聲說話或是大笑，都會嚇得發抖，但是最近她背後那桌學生大聲說話時，她卻好像沒注意到，還是繼續和戴眼鏡的男生聊天。

不只如此，冴今天看到了更令她無法容忍的景象。

常來圖書室、有很多女生仰慕的三年級學長小關潮竟然跟清良坐在同一桌，和她及戴眼鏡的男學生一起說話。

他們之間的氣氛非常融洽，潮還對清良露出溫柔的笑容，邀請她參加讀書會。

清良一聽就紅了臉，很不好意思地回答：

——好、好的，我也會參加。

本來以為比自己悲慘的人竟然可以和女生們崇拜的學長說話，還開心地接受了私人讀書會的邀請！

冴感覺胸口緊縮，眼底浮現一片血紅。

那麼膽小的鈴井同學竟然笑得這麼柔和。

冴從未見過她這麼輕鬆自然的表情。

她和潮學長很正常地對話，潮學長也很溫柔地對她微笑。

潮和眼鏡男不知道有什麼事要做，兩人起身走出了圖書室。

看到清良獨自一人，冴抑制不了心中的衝動，起身朝她走去。

我到底想要做什麼？

我的地位遠勝過她，我才不像她那麼悲慘。對那種地位低下的人就該漠視不理才對。

做這種事只會降低我自己的身分。

冴不斷地在心中這樣告誡自己，但她無法原諒清良受邀參加讀書會，還開開心心地答應，所以她走到清良身邊，說道：

「鈴井同學，我剛才看到妳在跟三年級的小關潮學長說話，妳跟潮學長很熟嗎？」

清良纖細的肩膀顫抖著。

她抬頭仰望著冴，露出膽怯和疑惑的表情。

看到她那畏縮的模樣，汧更不耐煩，更壓抑不住情緒。

「妳要參加潮學長的讀書會嗎？我都聽到了，主題是但丁的《神曲》。」

桌上擺著一本厚重精美的書，側面似乎有燙金，閃閃發光，封面中央印著七彩的「神曲」兩個大字。

這設計不只是美觀，甚至令人感到神聖。

「鈴井同學，妳已經讀完整部《神曲》了嗎？我說的不是這種充滿插圖的刪減版，而是分成地獄篇、煉獄篇、天堂篇三冊的版本。」

「……沒、沒有。我還沒看過。」

「這樣啊，妳還是認真讀過一遍比較好喔。雖然刪減版比較好讀、比較適合新手，如果想要完整感受《神曲》的世界觀，還是得看三冊的版本。最好不要看散文體，應該看詩歌體。潮學長熱愛閱讀，一定全都讀過了。」

「……」

清良縮著身子，用細若蚊鳴的聲音回答「好的」。不管汧怎麼對她耀武揚威，她都不敢生氣，也不敢回嘴，只能瑟縮著身子、悲傷地垂著眉梢。

真是個軟弱的女孩。

既膽小又敏感，一點惡意就能把她嚇得半死。

「話說回來，妳知道但丁為什麼會墮入地獄嗎？」

聽到冴這句話，清良又渾身一顫，表情畏懼得像是被逼到角落的小老鼠。

冴就像一隻不懷好意的貓，用利爪逗弄著她。

「因為但丁是個『放逐者』。」

在地下網站靈薄獄，會用這個詞來稱呼被全班排擠的人，冴光是說出這個詞彙，心臟就痛如刀割。

冴提高了音量，不過坐在隔壁座位寫著筆記本、戴眼鏡、頭髮剪得很隨便的女學生卻沒有任何反應，也沒有表情。

但清良的眼中充滿恐懼，臉色蒼白。

「但丁不只是詩人，還是個政治分子，是夥伴們的領袖，但他在政爭之中落敗，被永遠逐出了佛羅倫斯，一輩子都不能回故鄉。《神曲》是但丁無家可歸時寫的作品，如果他不是放逐者，一定不會想到要寫這個遊歷地獄的故事。」

冴說得越來越快，而且充滿惡意，漸漸失去了平常心。妳應該不知道吧？妳不知道讓但丁必須寫出這個故事的淵源、處境、思想，還有後來的人生吧？那妳參加讀書會到底能討論什麼？

害怕受傷、只敢縮在原地的妳怎麼可能了解但丁？

妳什麼都不懂！

妳和我不一樣！

我的處境比妳更接近但丁。

「我也可以一起參加讀書會吧？這樣我就能在一旁支援妳了。」

「可、可是……」

「妳可以幫我跟潮學長他們說一聲嗎？」

「可是……那個……」

清良好不容易擠出聲音。

「妳、妳……是誰？」

聽到這句話，冴愣了一下，心想「這女孩在說什麼啊」，但是腦袋和臉頰隨即熱到發燙。

這女孩不認識我？我早就注意到她，一直默默地觀察著她，可是她竟然不認識我？

冴一直覺得清良比不上自己，所以感到極度的屈辱。

這女孩要對我犯下多重的罪才甘心？不可原諒！

冴意識到自己從貓變成了惡魔。

她在心中偷笑，開始用言語攻擊清良。

「這樣啊，原來妳不認識我啊。沒辦法，因為妳從來沒有進過教室上課嘛。」

冴這句話似乎暗示著她和清良是同班同學。清良的臉僵住了。

「聽說妳只要走近教室就會喘不過氣，真可憐。什麼時候才能痊癒呢？」

清良完全說不出話，一臉難受地皺起眉頭。

過度呼吸好像又要發作了。

妳一直都是用這種方式在逃避吧。

「我和妳確實不一樣。」

連名字都不知道的陌生人突然說話攻擊自己，用高高在上的態度說「我和妳不一樣」，清良一定無法理解這是怎麼回事吧。

雖然不理解，但軟弱的清良只能接受。冴最無法原諒的就是她這種軟弱個性。

「我和妳不一樣，我不會逃避討厭的事，每天都會進教室上課。我還有未來，但妳不會改變，妳永遠都是這副德行。」

這是冴充滿私心的詛咒。

妳不可以改變。

不可以開開心心地和女生仰慕的學長說話，也不可以參加讀書會。妳最好一輩子都進不了教室，永遠待在圖書室裡，永遠當一個比我更可悲的人。

清良以雙手按著喉嚨，伏在桌上。

戴眼鏡的男生正好從走廊進來。

「鈴井同學！」

他急忙跑向清良。

坐在鄰座寫著筆記本的眼鏡女學生也停止動作，轉頭看來。

她直勾勾地看著這邊。不是在看清良，而是在看冴。

冴轉身離開，走出圖書室。

上課時間快到了，她得回教室去。

冴有些呼吸困難，彷彿感染了清良的過度呼吸。她腦袋昏昏沉沉。詛咒和天譴好像都回到了她自己身上。

不過冴還是咬緊牙關，大步往前走。

如果連我都變軟弱了該怎麼辦？我真不該管鈴井清良的事，她只不過是稍微不順心就會發病的可憐人。

是啊，她永遠當個可悲的人就好了。

因為她跟我不一樣。

真的嗎？

腦海裡突然有個聲音如此問道。

我和那女孩真的不一樣嗎？

我可以坐在教室裡上課，那女孩連教室都不敢進去。

不過，我不也是被全班放逐、受人漠視、在教室裡待不下去，才在校內四處徘徊，躲到圖書室嗎？

每到下課時間，我都得逃出教室，躲進圖書室，難道這不是代表我很軟弱嗎？

難道不是因為我是被大家討厭、可悲的放逐者嗎？

「不是的……」

緊咬的牙齒之間洩漏出地獄底層罪人般的呻吟。

我才不像那女孩那麼悲慘。

我的水準比那些庸俗的同學更高，我才不屑跟他們說話……

可是，待在教室的時候，胸中越來越鬱悶，頭垂得越來越低，像是背負著沉重的大石塊。我不就是覺得讓同學看見這副模樣太可悲，才逃走的嗎？

「不是的……不是的……不是的……」

腦袋好重，彷彿被一股沉重的力道往下壓，呼吸也越來越喘。但丁的《神曲》寫到，犯了驕傲之罪的人們要背負沉重的石頭走路，背上的大石塊壓得他們像鞠躬似地深深彎腰低頭，默默地爬上坡道。

冴也像他們一樣低著頭，如同爬著無盡的坡道一般，越來越喘不過氣。

「不是的……我才不像那女孩那麼軟弱，我比她堅強多了……」

冴氣喘吁吁地走到教室外。

正想進去時，雙腳卻像生了根一樣。

教室裡傳出喧譁的笑鬧聲，彷彿在嘲笑她。

她的肩膀猛然一顫，雙腳無法動彈。

我進教室時，喧鬧的教室或許會突然安靜下來，全班同學或許會同時對我投以冰冷的目光。

或許他們現在就是在嘲笑我……

怎麼辦？腳動不了。

全身僵硬，不聽使喚。

腦袋沉甸甸的。

冴想要抬頭，卻怎麼抬都抬不起來。

她突然想起清良按著喉嚨趴在桌上的身影，腦袋變得更沉重了。

那女孩似乎很痛苦。

纖細的肩膀因喘氣不停顫抖。

都是因為我對她說了那些過分的話。

——我和妳確實不一樣。

——妳不會改變，妳永遠都是這副德行。

頭上的負荷越來越沉重。好痛，好重，好難受。

身體動彈不得，像是背著整座岩山。冴無法走進教室傳出的那片笑鬧聲中。

她無法走進教室！

「我和那女孩……是一樣的……」

冴滿身大汗地站在教室外，絕望地喃喃說道。

「妳好像很不舒服，沒事吧？」

旁邊有個人擔心地問道。

流入她耳中的聲音非常輕柔。

冴本來以為雙手雙腳和脖子都無法移動一公分，但她的頭卻自然地轉向聲音傳來的方向。

站在那裡的是戴眼鏡的矮小男學生，他穿著過大的外套和長褲，柔順黑髮的尾端輕盈地跳動，鏡片底下的眼睛和語氣一樣擔心地望向冴。

那雙眼睛也蘊含著溫暖的神色。

他就是坐在清良身邊跟她一起讀《神曲》的男生。

和清良一樣成天待在圖書室的人……

「妳流了好多汗呢，最好吹一下風。」

冴照著那溫柔聲音的指示，來到一樓的穿廊。涼風吹散了她體內的燥熱，身體也不再僵硬了。

不過她的胸中還是隱隱作痛，一想起自己對清良做的事，太陽穴就開始抽痛。

冴用不像自己的懦弱語氣向眼鏡男問道：

「鈴井同學呢……？」

他一臉溫和地回答：

「沒事的，她很快就鎮定下來了。」

冴心頭揪緊，尷尬得表情僵硬。

「你、你來找我……是因為我對鈴井同學……說了很過分的話嗎？」

「不是的。我是擔心妳，因為妳看起來好像很難受。」

冴一直覺得，被別人看到她的難受或寂寞就太悲慘了，因此她死都不想被人看到自己這一面，不想要別人可憐她。可是，眼鏡男這番話卻讓她聽得心裡暖洋洋的，忍不住潸然淚下。

「……我為什麼……會對鈴井同學說出那些話呢……說我和她不一樣……我一直認定不敢進教室的鈴井同學……比我軟弱又比我悽慘……看到她這樣子就讓我感到安心……我總以為自己比鈴井同學更堅強……我犯了驕傲的罪……我會被打入地獄嗎……不，說不定已經是了……說不定這裡就是地獄……」

冴在教室前停下腳步，動彈不得。

就像背負著沉重的大石塊，連頭都抬不起來。

冴之所以被逐出教室，或許正是因為她犯了驕傲的罪……

「不是的。妳現在所在的地方不是地獄。」

眼鏡男又說出了溫柔的話語。他微翹的柔順黑髮在清爽的秋風中輕柔地搖曳。

「妳現在應該是在煉獄。」

「煉獄……？」

「是啊，但丁遊歷完地獄以後去的地方。地獄裡的罪人會永遠被苦刑折磨，但煉獄是煉淨罪惡的地方。」

煉淨罪惡？

那閃閃發亮的烏黑眼睛溫柔地注視著汐。傳入她耳中的聲音也清澈得像是柔和的光……

「犯了驕傲罪的人要在煉獄七圈山路的其中一圈受刑，背著沉重的大石頭彎腰駝背地爬坡，但是只要在煉獄裡煉淨了罪惡，就能去天堂了。」

我以為是地獄的地方，原來是煉獄……？

她裝出一副很了解《神曲》的樣子向清良賣弄知識，結果自己竟然搞錯這種事。汐覺得非常丟臉，臉頰又開始發燙。

清爽的涼風再次把她臉上的熱度吹散。

「妳現在正在煉獄裡煉淨罪惡，雖然痛苦得像是在地獄受刑，但遲早會有結束的一天。要怎麼做才能在煉獄裡向前邁進，像妳這麼聰明的人應該已經知道了。」

我一點都不聰明。

我只是個愚蠢又自戀的小鬼頭。

就是因為這樣，我才會被逐出班級。但我卻認定自己的水準高過班上同學，錯的是放逐我的人，藉此來保護我的自尊心。

我甚至把不敢進教室的膽小女孩看得比自己更悽慘、更可悲，藉此抬升自己的地位，讓自己感到安心。

「人確實應該有尊嚴和自信，只要別讓過度的驕傲成為傷害別人的利刃就好了。」

眼鏡男說得沒錯。

我的驕傲傷害了鈴井同學。

冴羞恥到臉頰發燙。她自己都看不過去了。

「我……得向她道歉……」

冴喃喃說出這句話，就拔腿衝向圖書室。雖然呼吸有些困難，但她還是不停步地繼續跑。

快一點，再快一點。

非得道歉不可。

我要向她說對不起，說我錯了。

說我太驕傲了。

冴一直跑，一直跑，跑到幾乎忘記呼吸，到了一樓邊緣的圖書室門口，她毫不猶豫地開門走進去。

充斥著書香的圖書室裡靜悄悄的，還有些冷。環繞著書櫃的閱讀區桌椅現在只坐著一個女孩。

她紅著眼睛，低頭看著裝幀豪華的《神曲》插畫集。

清良抬頭看見了冴，肩膀頓時一顫。冴在她開始害怕之前急忙衝過去。

「對不起！」

冴低頭說道。

「我對妳說的話全都是錯的！我根本一點都不了解《神曲》。還有，雖然妳不敢進教室，但我也受到班上同學漠視，在教室裡待不下去，才會來到圖書室。我一直在注意妳，很想跟妳聊書……可是，因為我是受同學排擠的可憐人……所以我把自己想成跟別人不同、比別人更優越，藉此保護我的自尊心……我還把妳看得很可憐、很沒用……因為我若不把身邊的人想得比自己更笨、更可悲，我實在承受不了自己的悽慘！」

對不起！

對不起！

冴一再地低頭道歉。

她完全顧不得自尊心，只是一個勁地道歉，眼淚掉個不停，連鼻水都流出來了。

我從來沒有這麼丟臉過。

可是，這就是我。

我沒什麼了不起的。

「我說妳永遠都是這副德行，那只是因為我希望妳不要改變，否則我會很困擾的！我的內心既黑暗又醜陋！看到妳跟潮學長他們聊得那麼開心，我就著急了。如果妳交到朋友，那麼受人排擠、孤零零的人就只剩我一個了！真的很對不起！」

冴怕得不敢正視清良的臉。

自己這樣大聲嚷嚷，還哭得滿臉眼淚鼻涕，或許會讓清良更害怕。

或許她光是聽我道歉都覺得痛苦。

或許她不會原諒我。

這些擔憂讓冴的腦袋變得更沉重了。

這時有個暖暖的東西膽怯地、戰戰兢兢地放在冴的右肩上。

冴發現那是清良的小手，訝異地抬起頭來。

她的碰觸非常輕柔，彷彿只用了指尖。
不過她望向冴的眼神充滿了想要傳達自己心情的真摯渴望。
想要用言語表達，卻又不知該怎麼表達。
但她還是非常努力。
她張開了不習慣和人說話的嘴巴，聲音細小又微弱：
「有、有機會的話……請妳再跟我……聊聊書吧。」
聽到這句話的瞬間，冴背負的沉重大石頭發出柔和的金色光芒消散了。
「嗯。」
隨後跟來的眼鏡少年面帶微笑地看著哭得一塌糊塗、哽咽點頭的冴，桌上那本閃爍著金光的《神曲》彷彿也奏響了他們聽不見的清新音色，獻上祝福。

◇　◇　◇

根岸冴離開之後，清良和結又坐在一起閱讀《神曲》。
故事進行到但丁離開地獄，接著又前往煉獄。
但丁和他的嚮導——詩人維吉爾——走向險峻的高山。
岩地上只有但丁的影子，沒有已死的維吉爾的影子。維吉爾對驚恐的但丁說

「我的遺體已經埋在地下，所以沒有影子」。他說自己還能說話，還能感覺，最重要的是，他此時仍然擔任著但丁的嚮導。

『最重要的是，要**去認識**。跨越你的理智，只用眼睛**去看**。不明白也無所謂，沒必要非得找出解釋不可。』

『人類微薄的理智怎能勘破無盡的玄妙？你只需知其然，如看風景一般去看事物的本貌。』

『一切都是奧祕的。一切都是自然的。如實地接受一切吧。』

結說自己聽得到書本的聲音。

清良至今都不確定他說的究竟是真是假。自從結來到圖書室以後，清良遇見很多驚愕的事，全都沒有道理可言。

她也還沒搞清楚但丁為什麼要遊歷地獄。

她每次翻頁還是會被可怕的畫面嚇得發抖、愕然吸氣。

在害怕之餘，她也品味著結用開朗清澈的聲音敘述的話語，就像在黑暗中看見一線光芒。

至今站在結身後所看到的一切，對清良來說代表著什麼意義呢？

她還是沒有搞懂。

可是，她已經讀完了自己看到插畫就害怕的《神曲》的地獄篇，接著又繼續讀煉獄篇，她發現自己越來越好奇，會想著「接下來會看到怎樣的內容呢？」，期待著快點翻頁。

「……榎木同學，我將來……是不是能回到教室呢……」

聽到清良如嘆息般的低語，結露出了開朗的笑容，肯定地回答：

「嗯，妳一定可以的。」

然後把書翻到下一頁。

第四個P

貪婪

旅人啊，煉淨罪惡吧。
犯下的罪越重，煉淨的苦刑也更重。
旅人啊，承受罪惡吧，煉淨罪惡吧。

◇　◇　◇

放學後，歌聲從外面傳進圖書室。

不只一首，而是好幾首曲子混在一起，歌詞包含了「希望」、「未來」、「翅膀」等詞彙。

「那是在練習合唱吧。比賽快要到了。」

坐在隔壁的結小心翼翼地翻過厚重精裝插畫集的一頁，一邊說道。邊緣燙金的書頁在清良的眼前散發著光輝，下一張版畫出現了。

一群赤裸的人匍匐在地，擠滿了煉獄的狹窄山路，每個人的眼神都很黯淡，看起來非常痛苦。

結解釋說，這個地方是用來煉淨貪婪之罪，也就是愚昧地貪戀世上榮華富貴的罪過。

窗外傳進來的開朗歌聲與他清脆的聲音重疊，讓清良有些難過，露出落寞神情。

「妳很在意合唱比賽嗎？你們班要唱什麼歌？我們班唱的是〈搭上名為未知的船〉，最後有一段『沙巴塔巴～塔巴塔～』，很輕快又很活潑喔。」

「我們班……唱的是〈Country Road〉。」

「喔喔，是吉卜力《心之谷》的主題曲。這首歌代表著青春時代，很棒耶。」

「可是……我不打算參加合唱比賽……」

清良從四月以來一次都沒進過教室，也沒有參加過班上的活動。司書初音老師把這次合唱比賽的樂譜交給她時，問她說：

——妳是女中音嗎？要不要一起參加練習呢？

那時她還沒遇見結，所以無法鼓起勇氣答應。

現在清良開始希望能和同學們一起在教室裡上課了，但這個希望還是像風中的燭火一樣渺小而軟弱。

「我完全……沒有練習……現在才加入只會給大家添麻煩。而且……我沒有把握……能在公開的場合唱歌……」

清良真討厭老是這麼消極的自己，榎木一定也覺得很無奈吧。

但是結向垂著眉梢、沉默下來的清良開朗地說：

「男生們都對國中的合唱比賽很不用心，老是蹺掉練習，還有人在比賽中忘詞，只好假裝唱歌呢。此外，還有人剛好遇上變聲期，無法唱原來的聲部，或是正式上場時因鋼琴彈錯而中斷。這些亂七八糟的情況也很有學校活動的風格，我還挺喜歡的。所以妳想參加就去嘛。」

「……我還是沒辦法。」

「嗯，等妳想去的時候再去就好了。又不是要爭奪全國大賽的參賽資格，不用想得太嚴肅啦。」

「……好的。唔……那你呢？」

「啊？我怎樣？」

「你會參加合唱比賽嗎？」

聽到清良的問題，結「啊」了一聲，彷彿現在才注意到這件事。他有些慌張地說：

「呃，我們班以合唱團為主力，目標是要奪得冠軍，所以訓練得非常投入，如果沒用丹田出力大聲唱歌，還會被人用拖把打屁股，嚴格得不得了，不太可能當天才臨時加入啦……」

結繪聲繪影地說道。

「你參加過練習嗎？」

「啊……嗯。我……我去看過一次……然後就覺得自己好像做不來。不過這麼嚴格的班級應該只是少數啦，妳別被嚇到喔！夜長姬，別叨念著『如果劈腿就要處以拖把打屁股之刑』啦。」

結一邊還要向女友解釋，都快忙不過來了，但他隨即笑著轉移了話題。

「呃，我們剛才在談貪婪的罪惡吧？話說但丁在這裡看見一位教宗趴在地上……」

清良鄰座有位烏黑頭髮隨便剪短、戴眼鏡的女學生，拿著自動鉛筆靜靜地在筆記本上寫東西。

那個女生……又來了。

明明有其他空位，她卻老是坐在清良隔壁桌，令清良無法不在意。

看她的簡單髮型和眼鏡可知這個女孩並不愛打扮，不過她有雙像深夜一樣漆黑的大眼睛、長長的睫毛、筆直的鼻梁、如花瓣般的嘴唇，皮膚像大理石一樣白皙光滑，連一顆痘痘都沒有。

清良注意到她其實長得很漂亮，就更在意她了。

她真的跟桐島老師交往過嗎……？

清良回想起那些女孩在圖書室裡包圍著桐島老師的時候，只有她始終沒開口說過一句話。此時結突然靜下來，像是在側耳聆聽，接著電腦桌那邊傳來「砰！」的一聲，像是有人在拍桌子。

◇　◇　◇

瀧本鳥乃握緊拳頭，用力敲在鍵盤旁邊的電腦桌上。

桌上發出「砰！」的一聲，她的手又熱又痛。

鳥乃很快就意識到，就算她捶打圖書室的電腦桌，螢幕另一側的人也不痛不癢，因此不悅地瞪著螢幕咂舌。

如果做得到的話，她真想把手伸進螢幕抓住對方的脖子猛烈甩動。

畫面上是叫作「靈薄獄」的天司中學地下網站。那些五花八門的討論板之中，有一個是在講鳥乃的事。

——她老是叫大家認真練唱，真是煩死人了。

——成天窮嚷嚷的歇斯底里班長。

——她一直抱怨男生太吵，其實她自己才是最吵的。

——我們班什麼時候變成合唱團啦？想得冠軍妳自己一個人去比啊。

——就是說嘛，贏了校內比賽又有什麼好處？老師頂多只會請我們喝福利社的果汁吧。

——聽說那傢伙很想得到某某高中的推薦名額，所以她才想把自己塑造成帶領班級贏得合唱比賽的優秀班長吧。

——啊，她還是主動要求擔任班長呢。一般人才不想當班長咧。

——所以她是為了得到推薦才逼我們辛苦練習？只不過是校內的合唱比賽竟然還要鍛鍊腹肌，這也太誇張了吧。

她捲動畫面，眼睛眨也不眨地讀著那些留言，握著滑鼠的手開始顫抖，耳朵腦袋和眼睛都在發熱……

鳥乃是這個班的班長。

就像留言說的一樣，她主動報名當班長確實是為了推薦名額，但她從小學時代就經常被任命為班長，她也覺得這個職務很適合自己。與其看著沒有幹勁的學生做得亂七八糟，她寧願自己帶領大家前進。

這樣自己這一班就會成為全校最好的班級。

無論是運動會、合唱比賽，還是校慶，全班為了一個目標團結努力，得到精采的成績，而率領大家的就是鳥乃。她光是想像這個情景就興奮不已。

那個班級好厲害！

班長真優秀！

三班又贏了。

真希望我也是瀧本那一班的。

我們班太棒了！

都是多虧了鳥乃。

她的腦海裡浮現了這些話語，以及班上同學們鮮明的笑容，就不禁陶醉在未來的榮耀裡。

我一定要讓這個夢想成真！

可是班上同學完全不照鳥乃的意思行動。為了合唱比賽，鳥乃蒐集了最近五年的資料，選出最好的一首歌，振振有詞地告訴大家這首歌最符合評審喜好，但大家的反應卻很冷淡，也不肯乖乖練習。

鳥乃提議不光是放學後練習合唱，午休時間也要練習，同學就紛紛抗議說「哎唷，很麻煩耶」、「有必要這麼拚命嗎？」。

即使鳥乃堅持立場，為了合唱比賽盡心盡力，她的熱情還是沒有得到回報。

——我們班的班長為什麼會這麼蠻橫啊？

——老是大呼小叫的，真討厭。

——我還有社團活動，我忙不過來啦。

同學們私底下不斷地抱怨，練習的氣氛也變得越來越差。鳥乃非常焦慮，她越想團結全班，大家越是抱怨她獨斷專行，對練唱的怠惰感也與日俱增。

還不只是這樣。

——嘿，你有沒有看到留言板？那個計畫太誇張了吧。

——看了啊，我非常支持。練唱累死人了，班長也讓人很不爽。

鳥乃聽到了班上女生的竊竊私語，心中的陰影越來越大。

什麼計畫？

放學後本來要練習合唱，不過鳥乃藉口老師有事找她，把帶領練唱的工作交給副班長，然後跑去了圖書室。

她坐在電腦前，打開螢幕，連上靈薄獄，搜尋留言，同學們對她的怨言陸陸續續地浮現。

竟然躲在這種地方說我的壞話。

鳥乃看得都快氣炸了。

那些人原本只是抱怨鳥乃，但後來有人提議：

——不然大家一起抵制合唱比賽，來嚇嚇班長吧。

——喔？挺有趣的。

——很好啊，就這麼做吧！我也會去跟其他人說。

一個離譜的計畫就這麼誕生了，支持的人也越來越多。

最初提議抵制合唱比賽的人叫作「但丁」，不知道是男是女，也不知道是不是鳥乃班上的學生。

之後但丁繼續慫恿她班上的同學、推動了計畫。

——如果班長看到這些留言會怎麼樣呢？

看到這句話，鳥乃心中暗暗一驚。

她覺得好像有個身分不明的人在螢幕另一邊面露笑容看著她，令她不由得冒出雞皮疙瘩。

——隨便啦，看到了也不能怎樣。就算去向老師告狀，只要說那是網路上的玩笑妳就沒轍了。即使發飆，也沒人會理妳的。

那人彷彿直接對鳥乃說出這些羞辱的話語，令鳥乃氣得臉頰發燙。

——就是啊～

——嗨～班長，妳看到了嗎？如果想要我們停止抵制計畫，就在大家面前下跪道歉，說「對不起，我老是這麼自以為是」，或許我們會放過妳喔～

鳥乃的腦袋裡迸出火花，不自覺地用拳頭捶打鍵盤旁的電腦桌。

她正盯著螢幕咂舌時，圖書室裡有個學生問道：

「怎麼了？發生什麼事了？」

那是一位戴眼鏡的小個子男生，他的外套尺寸完全不合身，有一頭蓬鬆黑髮，尾端稍微翹起。

大概是鳥乃製造的噪音引起了他的注意吧。

那男生望向螢幕，發現了她在看的網站是靈薄獄。

「是不是有人寫了關於妳的壞話？如果妳願意，可以跟我談一談。」

他親切地這麼說道。

或許他的個性真的很親切，他那雙烏黑眼睛從鏡片底下凝視著鳥乃，看起來既純真又溫柔。

不過，鳥乃才不想跟素昧平生的人談這些事。這是她自己的問題。

「沒什麼大不了的。吵到你真是對不起。」

說完之後，鳥乃就站起來，關上電腦，快步離開了圖書室。

盯著鳥乃的人除了眼鏡少年以外，還有一位看起來很內向的女學生，以及一位短髮戴眼鏡、面無表情的女生。

太丟臉了。

鳥乃在走廊上又不悅地嘖了一聲。

她匆匆走向教室，匆忙到上身前傾，腦海裡依然盤旋著她在圖書室看到的、惡意中傷她的留言。

——吵死了。

——真叫人火大。

——要給她好看。

鳥乃明明一直為班上的事鞠躬盡瘁。雖說她是為了高中的推薦名額而自願當班長，但她也是真心希望自己的班級比別班更好，想要打造出同學都會深感自豪的優秀班級。

可是同學們卻留言批評鳥乃太囂張，還說不想練唱，叫班長自己一個人去指揮、彈琴、唱歌，甚至聽從但丁的慫恿，準備抵制合唱比賽。

鳥乃心想，大家只是在網路上說說罷了，不會真的去做的。班上同學一定沒有這種膽量。

頂多只是當天會有比較多人對嘴假唱吧。不過，鳥乃光是想到自己要在別班師生面前指揮一群沒幹勁的同學，就羞恥得腦袋發熱。

在走廊上筆直前進的鳥乃聽到了其他班級練唱的歌聲。清澈的女高音，優雅的女中音，厚重的女低音。

啊啊，這一班的歌聲整齊劃一，真好聽。

這一班也唱得好努力、好投入。

這一班也唱得很好。

每個班級聽起來都是很認真地在準備合唱比賽，讓鳥乃焦躁得渾身發癢，她加快腳步朝自己的教室走去。

我沒有錯。

就算我討好懶惰的同學，對他們和顏悅色，他們只會更任性妄為，不肯參加練習。

沒錯，他們一定要受到鞭策才會動起來，因為他們根本沒有上進心。

被大家討厭也無所謂。

身為班長，我就算是硬逼也要拉著他們向前走。

只要得到好成績，他們就不得不認同我了。我絕對不能表現出慌張沮喪的一面。

鳥乃走到教室前。

她挺起胸膛，抬高下巴，正準備走進去，可是她聽到的不是歌聲，而是男生們喧譁吵鬧的聲音，這令她為之氣結。

我明明叫副班長帶大家練唱的！這傢伙真沒用！

一拉開門，鳥乃的怒火更熾烈了。

男生們正拋起輕飄飄的樂譜當排球玩。

「我要上囉！」

「喔！是殺球！贏定了！」

「想得美！接球！」

一個男同學用單手接住輕盈的紙張，往上抬起，另一個男生接著托高紙張，然後第三個男生一掌拍過去，一群人玩得又笑又鬧的。

「喂，很危險耶。」

出言抱怨的女生也都坐在椅子上和朋友聊天，互相整理頭髮或睫毛，沒有一個人認真練唱。

反正都要抵制比賽了，誰會蠢到認真練習啊。

鳥乃彷彿聽見了他們這樣說，眼前變得一片腥紅，就像在圖書室看到批評自己的留言時一樣。

「你們在幹什麼啊！怎麼可以不好好練習！」

她站在教室門口大吼。

鳥乃的怒吼震動了空氣，打鬧的男同學和沉浸於聊天的女同學都轉頭望向她。拋到半空的樂譜輕飄飄地落在地上。

教室裡一片寂靜，鳥乃再次吼道：

「我都是為你們好才說的！」

同學們的臉上露出疑惑的表情。不是鳥乃期待的反省或害怕的神情，而是彷彿說著「這傢伙在胡說什麼啊？」、「幹麼一個人在那裡大呼小叫？」的表情。

鳥乃突然有種預感，覺得同學們的眼神會突然轉變為對她的譴責，她怕得雙腿顫抖，立刻轉身離開教室。

這樣簡直像是逃跑，真不甘心。

但她不想讓同學看到她露出驚慌或害怕的神態。

不甘心。

不甘心。

真不甘心！

為什麼我得面對這種不甘心呢？

我明明那麼努力。

同學卻都在背後說我的壞話。

甚至吵著要抵制合唱比賽。

現在他們一定也在說我的壞話吧？

——她到底在幹麼啊？

——又發飆啦？

——真是的，動不動就發火，還氣得滿臉通紅、大吵大鬧的。

鳥乃回到剛剛才離開的圖書室，並肩坐著閱讀一本厚重精裝書的眼鏡男學生和內向女學生，以及他們鄰座一直寫著筆記本的眼鏡短髮女孩都抬頭望向她。

咦？又回來了？

他們露出意外的表情，但鳥乃沒心思理會。她筆直走向電腦桌，一屁股坐下，連上靈薄獄，打開同學們寫的留言。

——一個人在那裡大吼大叫，真是太好笑了。

——如果我們真的實施抵制計畫，班長搞不好會爆血管？

——真想看看她的反應。

沒有一個人在反省。

那些人只覺得鳥乃的反應很好笑，甚至想看到她更生氣、更受傷的模樣。

——決定實施計畫了。

「……」

鳥乃連咂舌都沒辦法。

她的腦袋昏沉沉，螢幕上的文字逐漸扭曲變形。

我才沒有錯，錯的是那些人。

為什麼大家都不聽我的話？

如果班上同學真的抵制合唱比賽，該怎麼辦？

鳥乃本來覺得絕無可能發生這種事，如今卻忍不住擔心。如果發生這種情況，那一切都毀了，這樣她不只是拿不到推薦名額，還會受到周遭的嘲笑，變成一個可悲的人！光是想到那個情況，鳥乃就呼吸困難。

沒事的，不會發生那種事的。

大家只是隨便說說罷了。

可是，可是……萬一……

視野扭曲，腦袋發昏，好噁心，好想吐。

「妳沒事吧？妳好像很不舒服？」

一個擔心的聲音從近處傳來，這時鳥乃才注意到自己手上仍抓著滑鼠，上身卻前傾到快要趴倒。

先前和鳥乃說過話的眼鏡男又跑來關心她了。他鏡片底下那雙溫柔的烏黑眼睛正注視著她。

「還是去保健室休息一下吧？妳的眼睛都充血了。妳該不會是整晚沒睡吧？」

眼鏡男一定覺得鳥乃累壞了吧。
她的心靈和身體都快虛脫了。
「我……不能休息。」
鳥乃顫聲說道。
「就算休息……也沒有用。」
就算鳥乃累垮而不能上學，同學們也不會有半點反省，更不會去關心她。
他們只會覺得囉嗦的人消失了，總算清淨了，然後又在教室裡鬧翻天。
鳥乃現在該做的事不是休養。
而是強硬地繼續嚴厲指導那些無可救藥的同學。
一旁的桌上擺著厚重的精裝書，書頁側面閃爍著金黃色的光芒。
書脊以七彩光輝的字樣印著書名——《神曲》。

啊啊，是但丁。

想起那個筆名叫但丁的人在靈薄獄寫的留言，她的胃酸又開始上湧。
但丁樂在其中地慫恿著她班上的同學，叫大家反抗她。
那人潛入他們和平的班級，喚出人們心中的惡意，把事情搞得一團糟。

大家都被但丁操縱了。

鳥乃正盯著那莊嚴厚重的書脊，眼鏡男又溫柔地開口說：

「怎麼會沒有用呢？太累的時候、無計可施的時候，先停下來看看情況不也挺好的嗎……這樣說不定可以找到新的路呢。」

他的話中充滿了對鳥乃的體貼。對她說話的明明是個穿著過大制服、矮小又娃娃臉的平凡男孩，鳥乃卻覺得好像有一位大哥哥正在溫言安慰她，令她逐漸放鬆，逐漸變得軟弱。

好想休息……

無論她再怎麼努力還是無法改善。好想蹲在原地，什麼都不做。

可是，如果不硬逼自己撐下去，她一定會整個崩壞，她的班級也一樣。

「我要在合唱比賽擔任指揮，班上的同學不能沒有我，我非得拉著他們前進不可。如果我停下來……他們也會停下來的。」

眼鏡男和後面那位內向的女學生都垂下眉梢，露出哀傷的表情，可能是因為鳥乃的語氣和神情太可憐了。

拜託，千萬不要同情我。

因為我還在拚命地向前走。

鳥乃關掉靈薄獄，開始搜尋他們班要唱的比賽歌曲。

那首歌叫〈青春的翅膀〉，歌詞說的是無論遇到多大的苦難都要相信未來，筆直地飛向天空。

她在網路上試聽時，被那強力、積極又美麗動人的副歌深深感動，於是在班會課上極力說服大家唱這首歌。

聲樂家和歌唱班的老師說明〈青春的翅膀〉歌詞的含意，以及唱歌時的強弱該如何安排，鳥乃全都看完了，並牢牢地記在腦海。

這裡不要太大聲，從這裡開始漸漸加強，這裡是最高潮！要全力高歌！

她不斷在腦中演練，想像自己站在體育館舞臺上指揮著同學們的景象，想像著唱到哪裡時該怎麼揮動指揮棒。

在她的想像中繚繞著大家整齊悠揚的歌聲。

眼鏡少年、內向女學生和那本閃爍著金光的《神曲》，都從鳥乃的意識中消失了。

但是，鳥乃真的太累了。

合唱比賽的前一晚，她練習指揮練到深夜，躺上床、蓋上棉被之後，她依然不斷地在腦中演練，不知不覺地陷入睡夢中，就像逐漸被拉進泥沼。

夢中的鳥乃氣喘吁吁地攀爬環繞險峭山峰的狹窄坡道，在她的腳邊有無數赤裸的人趴在地上，匍匐前進。

那些人好像都是外國人，他們跪地用手肘和大腿爬行，一邊難受地哀號，鳥乃不知為何竟聽得懂他們說的話。

——我是羅馬的教宗。

——教宗是世間地位最尊貴的人，這身分是至高無上的，是不容貶低的。

——為了得到這頂端的地位，我欺騙自己和他人，有時甚至違反神的教誨，持續地追求功名利祿，卻突然對自己的所作所為感到空虛。

最後他說，他就是因此而忽略了最重要的事，接著把臉用力地埋在土裡，傷心地痛哭。

其他趴在地上的赤裸人們也都在悲嘆，懊悔自己過去如何沉溺於追求榮華富貴。

鳥乃怕得渾身發抖。

不要！我不想繼續留在這裡！

我要向前邁進！

我要爬到更高的地方！

只要能爬到那裡，就沒有人會說我的壞話了，我就會成為神聖不可侵犯的人。

我一定要盡快爬到頂點。

可是地上層層疊疊地爬滿赤裸的罪人，根本踩不到地面，無法順利前進。鳥乃的心中焦躁不已。

雙腳越來越沉重，像是變成了鉛塊。

膝蓋發軟，上身越傾越低。

大腿感受到砂礫粗糙的觸感。鳥乃也趴在地上了。

她的光輝漸漸變得黯淡。

非得到達那裡不可。

鳥乃咬緊牙關，用手肘爬行。

我才不認輸！

手肘在地上摩擦，都磨出血了。

好痛！

但我得繼續前進。
我得繼續往上爬。
頭頂傳來歌聲，是〈青春的翅膀〉。
整齊劃一的悠揚歌聲。
莊嚴的聲響。
每個聲音都是青春洋溢，充滿了對未來的希望。
啊啊，多麼好聽的合音。
多麼有力的歌聲。
加油，再一下。
就差一點了。
只要能到達那裡，就算之後都無法走路，一輩子都只能趴在地上，我也不在乎。
所以我現在要撐下去。
一定要撐下去。
光芒漸漸地減弱了。
鳥乃醒來後，看到枕邊的鬧鐘，嚇了一大跳。

竟然這麼晚了！

合唱比賽就是今天，我竟然遲到了！

鳥乃的父母都要工作，一大早就出門了。鳥乃從小就是個勤奮的孩子，一向自己起床、自己準備上學，所以父母都覺得她只是偶爾貪睡一下，沒必要叫醒她。

他們都不知道她今天有合唱比賽。

如果鳥乃沒有上學，同學們會怎麼想？

他們會為了沒有指揮而煩惱嗎？

不可能，同學們一定會很高興，覺得是他們贏了，因為他們本來就不在乎合唱比賽。

鳥乃趕緊換衣服，衝出家門，趕往學校。

平時有很多學生的通學道路如今看不到半個穿制服的學生，讓鳥乃越來越心急。

她這幾天都因為心情焦慮而睡不著，但為什麼偏偏是今天睡過頭呢？

這彷彿是但丁的詛咒。

鳥乃死命跑完徒步二十分鐘的路程，衝進校門。

校舍入口的鞋櫃前空無一人。

鳥乃喘得快趴下了，但她還是鼓勵自己「絕對不能認輸」，繼續跑到教室。

現在還是班會課的時間。
應該可以勉強趕上。
鳥乃悄悄拉開教室後門，一看就呆住了。

教室裡空蕩蕩的。

她以為自己還在作夢，但這不是夢。
班上同學真的抵制了合唱比賽。

後來的事鳥乃都不記得了。
因為打擊太大，她的腦袋和心中都變得一片空白，無法思考，也沒有任何感覺。
可是全班抵制合唱比賽這個前所未聞的事實就在她的眼前。
事情怎麼會變成這樣！
人都跑去哪裡了！
妳不是班長嗎！怎麼會不知道！
在班導師的逼問下，鳥乃什麼都答不出來，只能愣在原地。

合唱比賽在體育館開始舉行，開朗的歌聲傳來。

鳥乃一個人在教室裡聽著這歌聲，淚水忍不住奪眶而出。

為什麼別班的學生可以那麼歡樂地唱歌？

為什麼只有我們班是這種情況？

鳥乃連午餐都沒吃，一直獨自坐在教室裡。合唱比賽結束後，老師對她說「妳可以先回去了」。

兼任學年主任、經驗豐富的男老師看到這麼離譜的事態也失去了冷靜，板著臉喃喃抱怨「最近的國中生真是太誇張了」。他沒有安慰鳥乃，反而對鳥乃很失望，怪罪她沒有阻止班上同學胡鬧的舉動。

——妳早就知道這件事了嗎？

老師的語氣很嚴厲。

——我……有注意到，但我沒想到他們真的會這樣做。

老師生氣地大吼「為什麼不早點通知我」。

他沒有把鳥乃當成受害者，反而把她當成這場騷動的始作俑者，叫她先回家的語氣也很冰冷。

鳥乃拿著書包沮喪地走在走廊上，聽到其他教室傳來鼓掌和歡呼聲。

這一班似乎是合唱比賽的冠軍。

擔任指揮的班長大喊：

「這都是多虧負責彈鋼琴的松田同學美妙的演奏，還有全班同學的努力。你們都辛苦了！謝謝大家！」

其他同學也都紛紛鼓譟叫好。

鳥乃像是想要逃開這片喧鬧似地快步經過這間教室，朝著體育館走去，全身刺痛得彷彿被粗糙砂礫磨破了皮膚。

那裡已經沒有人了。

鳥乃腳步蹣跚地走到體育館中央，爬上舞臺的樓梯。

她站在臺上環視空曠的場地。

原本她應該要站在這裡揮動指揮棒、領導全班的。

如今出現在她眼中的只有空蕩蕩的空間……

她本來以為班上同學不可能聯合起來抵制學校活動。

可是平時渾渾噩噩、如一盤散沙的同學竟然會為了嚇唬她而團結起來，做出實際行動。

我真的那麼惹人厭嗎？

我是這麼差勁的班長嗎？

如果我雙手伏地、跪在大家面前，懇求他們說「我太自以為是了，真是對不起，請你們去參加合唱比賽吧」，就不會發生這種事嗎？

大家就會原諒我嗎？

體育館裡一片寂靜。悲哀一次次地在體內翻騰，鳥乃坐在舞臺正中央，抱著膝低下頭去。

她明明這麼傷心，卻哭不出來。

明天之後要怎麼辦呢……

我還有什麼臉走進教室呢？

乾脆轉學算了。

鳥乃一直低著頭，連站都站不起來。當她想著「真想就此變成石頭」的時候……

一陣高亢的歌聲傳來。

開朗清澈的男生聲音，以及害羞的女生聲音。

兩個聲音疊在一起，形成合音。

這首歌是〈青春的翅膀〉。

這是鳥乃本來要指揮的歌……

她抬頭望去，發現在圖書室見過的眼鏡少年和內向女生正在臺下唱歌。

男生閃亮亮的烏黑雙眼和女生軟弱淺色的眼睛都仰望著鳥乃。男生不知為何用雙手拿著一本淡藍色的文庫本，把封面朝向舞臺，而女生的懷裡也抱著那風格莊嚴的厚重《神曲》。

兩個人都唱得不怎麼樣。

男生的音準怪怪的，女生的聲音太小，若不豎起耳朵仔細聽根本聽不見。

話雖如此，男生臉上掛著微笑，女生緊緊抱著《神曲》，紅著臉，努力地配合男生的聲音唱歌。

鳥乃本來以為自己站不起來，雙腳卻灌進了力氣。

她的腳底在體育館的舞臺上踏定，隨即俐落地站起，順利到連她自己都很驚訝。

男生和女生仍在唱歌。

眼鏡少年露出微笑看著鳥乃，像是在跟她打暗號。

他彷彿在說「一起來吧」。

鳥乃站穩腳步，舉起雙手。

眼鏡少年笑得更燦爛，對她點點頭。

鳥乃緩緩地揮舞手臂，歌聲也跟著變慢。

她的動作逐漸加大，歌聲也跟著漸漸變得嘹亮。

這裡要含蓄一點。

這裡要逐漸加強。

對，就像雲朵的流動一樣輕盈，然後漸漸膨脹，漸漸變大，化為暴風。

即使如此，青春的翅膀也不會認輸。

不會恐懼。

即使受到哀傷的打擊，即使心痛欲裂，還是堅信自己胸中活躍鼓動的心跳，繼續展翅高飛。

更高，更高，飛向光輝燦爛的未來。

來吧，這裡就是最高潮！

如同鳥兒展開雙翼，鳥乃高高揮舞著雙手。男生和女生的聲音清脆宏亮地相疊，響徹整座體育館。

女生軟弱的雙眼逐漸變亮，膽怯畏縮的嘴角也輕盈地緩緩提起。

啊啊，我在飛呢。

清爽的風從臺下吹來，鳥乃的心彷彿迎風飛向高天。眼鏡少年和內向女孩的背後長出閃亮的羽翼，羽翼大大揮動，把風送向臺上的鳥乃。女孩懷中的美麗《神曲》彷彿也朝鳥乃送出了聖潔的光和風。

鳥乃的心乘著這道風逐漸飛升。

青春的翅膀不會輸給悲傷，也不會輸給寂寞。

即使被痛苦的怒濤打落，還是堅信著自己胸中閃耀的、鼓動的東西，繼續飛翔！

我正在和他們一起飛翔。

明天之後的校園生活一定會變得很痛苦。

班上同學都會把鳥乃視為失敗者，她只能像但丁在《神曲》裡描寫的、因貪婪之罪而受到懲罰的人們一樣，每天趴在地上過日子。

即使如此，她的心還是會繼續嚮往天空。

——怎麼會沒有用呢？

——太累的時候、無計可施的時候，先停下來看看情況不也挺好的嗎？

眼鏡少年曾溫暖地對她這麼說過。他還說，這樣說不定可以找到新的路。鳥乃因全班同學的抵制而掉到谷底，如今她要把眼中所見的景象、耳中所聞的歌聲都珍藏在心中。

有朝一日，她會再次展翅高飛。

飛向那燦爛的藍天。

◇　◇　◇

回到圖書室以後，清良興奮得胸中和臉頰都還在發燙。

她在桌邊坐下，懷裡仍緊抱著但丁的《神曲》。書本很沉重，若不緊緊抱住一定會掉下去。

這沉甸甸的重量讓清良感到安心。

也給了她勇氣。

——要不要現在去參加合唱比賽？

結用圖書室的電腦播放〈青春的翅膀〉的合唱影片給清良看了以後，露出戲謔的表情問道。

——這首歌很容易唱，只要知道旋律就唱得出來。

——可、可是……

清良正感到驚慌時，結把閃爍著金黃光輝的《神曲》遞給她。

——這本書說也要跟我們一起唱。帶它一起去吧，這樣能幫妳壯膽。

結這麼說道。

——啊，夜長姬也要唱？喔？特別獻唱？謝謝妳！那我們就是四部合唱了。我們走吧！

結甩動那末端稍微捲翹的蓬鬆黑髮，如同小小的翅膀，一邊喊著清良出發。

兩個人在空蕩蕩的體育館裡一起唱歌，讓清良覺得很害羞、很緊張。

可是結說他們不只兩個人，而是兩個人加上兩本書。

清良聽不見《神曲》的歌聲，也聽不見結滿懷愛意捧在手中的淡藍色書本的歌聲。

但是手中那份沉甸甸的觸感就像在鼓勵她。清良心想，就像結說的一樣，我們是一起在唱歌，她就能順利地發出聲音了。

真愉快。

她一邊唱，一邊這麼想，這令她非常開心。

回到圖書室後，這份喜悅依然在心中繚繞不去。

「榎木，我本來覺得……我一定沒辦法和大家一起在合唱比賽唱歌……可是我做到了。我真的好開心。」

正在鄰座寫功課、不時用溫柔目光望向清良的結一聽就露出微笑。

「嗯，我也覺得好青春啊！」

接著他又說：

「鈴井同學，妳今後一定能做到更多事情。只要是妳想做的事，妳一定都做得到。」

在隔壁座位上，留著剪得很隨便的烏黑短髮、戴眼鏡的女學生正在寫筆記，她瞄了清良一眼，隨即又動筆在筆記本上寫字。

或許自己有一天也敢開口和這個女生說話吧。

此時的清良並沒有感到恐懼不安，反而還有些期待。

第五個P

懶惰

「如果我以後墮入地獄，一定是因為懶惰之罪吧……」

放學後。

清良在圖書室裡的固定座位上和結並肩而坐，結翻著厚重的精裝本《神曲》，和她一起看。

犯了懶惰罪的人們要接受的考驗是在狹窄的山道上奔跑。不斷地奔跑。

和犯了貪婪罪、只能趴在地上緩慢匍匐前進的人正好相反。

「在煉獄的入口處，但丁的額頭上被刻了七個P字，這代表七種罪惡，每煉淨了一種罪惡，他額頭上的P字就會少一個。可是驕傲和貪婪不像偷竊或殺人，那些都是內在的情緒，很難煉淨。而且，我們在閱讀時可能都會懷疑『這些事真的是罪惡嗎？』，但丁對這件事也考慮了很多，他還寫說『每次抹消一個代表罪惡的P字，我心中依賴的事物也少了一些』。」

清良聽著結朗聲說明，一邊陷入思索。

做得太過火或太執著都算是罪惡……這本書是這麼寫的……可是，有一個目標能讓人如此拚命、如此執著，還真令人羨慕……她這麼想著。

這種人就算墮入地獄，在清良的眼中還是非常閃耀。

「煉獄的第四圈山道是煉淨懶惰之罪的地方，書上寫說，在這裡是要培養出『主動努力的進取之心』。」

主動努力的……進取之心……？

「也就是說，懶得遵行神明教誨的人會被迫不斷奔跑，做為贖罪。不對，說被迫奔跑不夠精準，應該說靠自己的意志主動奔跑。懶惰煉獄裡的人或許都對自己生前沒有盡力去做的事感到懊悔，覺得早知道當時應該如何如何。」

這麼說來……我大概也跟他們一樣吧。

和清良同年齡的人都乖乖地去學校上課、參加學校活動，只有她躲在安全的地方漫不經心地看著時間流逝。

原本該做的事，她卻完全沒做。

死後到了另一個世界，她是不是也會後悔生前沒有乖乖進教室上課，埋怨自己當時為什麼不更努力？

光陰似箭，日月如梭。

半年、一年，都會在頃刻間溜走。

清良在四月升上國中，現在十月都快過完了。

一想到自己在這段時間的作為，清良就覺得心頭鬱悶、意志消沉，喃喃說著

「如果我以後墮入地獄，一定是因為懶惰之罪吧」。

結一聽就抬起頭說：

「現在還不能確定喔。妳最近變得更勇敢了，還說希望能去上課，不是嗎？現在開始努力還不遲，這樣就不算懶惰了，說不定反而要擔心會不會犯了貪婪之罪呢。」

聽到結這番話，讓清良的心裡輕鬆了許多。

對了，初音老師也說她最近變得比較開朗了。她看到老師在忙就主動詢問「要不要我幫忙？」，老師聽了非常開心。

——謝謝妳，鈴井同學。妳最近變得比較積極了呢。

是嗎？我真的變得更勇敢、更積極了嗎……

清良既開心又害羞，臉頰還有些發燙。

在鄰座寫著筆記、一頭短髮剪得很隨便的眼鏡女孩好像又瞄了清良一眼。

結笑咪咪地說：

「像妳這樣想要努力、有心行動的人都不算懶惰吧。我覺得，完全放棄努力、接受了懶惰的人才是有罪的。」

完全放棄努力、接受了懶惰……指的是什麼呢？

清良正在思考時，背後的座位傳來一個尖銳的聲音。

「聽好了，這是政變喔。在場所有人都是一夥的，絕對不容許背叛。」

聽到那些強烈又嚴峻的發言，清良驚愕地往後望去，看見六個女生擠在同一桌，神情肅穆地湊在一起說話。

◇　◇　◇

片山千遙帶著冰冷的心情聽著那個漏洞百出的計畫。

提出計畫的人是千遙這夥人的領頭羊——高露華江，當過雜誌讀者模特兒的她皺著輪廓深邃的漂亮臉孔說了「絕對不容許背叛」，那麼從一開始就不認同華江的想法、在團體之中只是個小角色的千遙算是叛徒嗎？

千遙覺得自己像是「異教徒」。

一年前，千遙因為一些小事而受到班上同學排擠，以靈薄獄的用詞來形容就是「放逐者」。

全班同學都假裝看不見千遙，故意在她聽得到的地方說她壞話，這讓她非常不舒服、非常難過，她再也不想受到那種待遇了。她還因此放棄了原本很投入的社團活動，受了很多委屈。

所以千遙來到新班級以後很少發表意見，像個信徒一樣追隨看起來最強悍的人，藉此在班上得到棲身之所和內心的平靜。

千遙選擇的人是華江，她長得很漂亮，學業成績名列前茅，又有運動細胞，而且母親是知名隨筆作家，父親是成衣公司的老闆，簡直像個女王。

華江的身邊跟著一大群信徒，千遙也跟著這群人一起聆聽華江的話語，附和她說的話，讚美她做的事。

千遙在遭到放逐之前絕對無法容忍拍馬屁，她若是不滿意華江的言行舉止一定會表現在言語或是態度上。

華江是個完美主義的好學生，所以待人也很嚴格，而且非常堅持己見。

千遙若是指責華江只會惹她生氣，一點好處都沒有。她無論如何都不能讓自己在團體裡待不下去，再次遭到放逐。

所以就算千遙默默想著「這樣不對」、「這樣不好」、「我不認同」，也不會因此感到不舒服，不會扭曲表情或喘不過氣，只是淡然處之。

是啊，不要認真地跟別人生氣，也不要發表意見，這樣才能過得安寧。

讓情緒變得遲鈍，不要惹別人不高興，不要跟人爭執，和大家維持表面上的和諧就好。千遙必須極力避免被人發現她是潛伏在虔誠信徒中的異教徒。

她連社團活動都和華江一樣是英語研究社。

——片山同學，妳在課堂上朗讀課文讀得非常好，如果妳還沒有社團的話，要不要加入英研社啊？

女王陛下主動邀約，她怎麼能拒絕？

雖然千遙覺得英語研究社好像很麻煩，反正她已經退出之前參加的運動社團了，有的是時間。

——嗯，跟高露同學一起我就安心了。

千遙如此回答，當天就繳交了入社申請書。

——叫我華江就好了，我也直接叫妳千遙吧。

——謝謝。那我就這麼叫了。不過有點緊張呢。

千遙裝出一副既開心又榮幸的表情如此說道，其實心中一點感覺都沒有，她根本不在乎怎麼稱呼。

英語研究社——英研社——裡面多半是野心十足的女學生，社團的不成文規定是要在英語的辯論及演講比賽爭取好成績，不接受純粹為了興趣而加入。光是加入英研社就會受到旁人羨慕，就像是個菁英團體。

也是因為這樣，大部分的社員都很有主見，三年級學姊和華江帶領的那群二年級生一直都是針鋒相對。

幾年前，男社員鬥輸女社員之後就全部退出社團了，所以現在社團裡只有女生。如今這些女社員又面臨了分裂的危機，千遙眼神諷刺地旁觀著這一切，心想歷史果然會一再重演。

三年級學姊到秋天就要退社了，到時社團就是二年級生的天下了，根本沒必要爭得你死我活。

以現任社長為首的三年級生宣布要到冬天的大賽之後再退社，因為她們要洗刷去年只拿到亞軍的遺憾。

其實她們只是不願意看到二年級生在她們失敗的大賽得到冠軍的榮耀。

早就決定要參加大賽、被認定一定能拿到冠軍的二年級生當然都很不滿。

尤其是華江，她先前還帶著燦爛笑容、熱情地說著要以最強的陣容參加冬季大賽，還邀請了千遙這些英語優秀的學生加入社團互相砥礪，所以她極力反對三年級生的決定。

——英研社的慣例是三年級生要在秋天退社，過去從來沒有人死皮賴臉地留到冬天的大賽。

——我們要發起聯署，在全體社員面前宣布取消三年級生延後退社的事。

為了把三年級生踢走，二年級生必須團結起來，此外，也需要一年級生的支持。

可以的話，最好把十一位一年級社員全都拉進己方陣營，如果做不到，最少也要拉過來八位。在拿到一年級生的聯署之前絕對不能讓三年級生發現這個計畫，所以華江召集了比較可靠的二年級社員在圖書室開會。

大家一開始都是壓低聲音說話，或是寫在筆記本上傳閱，後來華江卻越說越大聲。

「這是政變喔。」

她語氣嚴肅地說出了這句話，在後面座位一起看書的矮小眼鏡男生、內向女生，以及在鄰座寫著筆記、髮梢參差不齊的短髮眼鏡女孩，都轉頭望向千遙她們這一桌。

華江沒有注意到，還更激動地繼續說：

「我們最大的難關就是里沙，她是北条副社長的妹妹，不容易拉到我們這邊。若是先把和里沙要好的一年級生拉過來，里沙支持我們的機率就更大了。」

後面那桌的兩個人都不說話了，想必是被華江的發言引起注意，正在豎耳傾聽吧。

華江的聲音很有特色，又有吸引人的魅力，就算本來不想聽，也會忍不住聽到出神。

可是，就算華江如此具有領袖魅力，她籌謀的政變計畫還是讓千遙覺得危險。

一年級的北条里沙就像是英研社一年級生的領導者，她的姊姊是三年級的北条圓加副社長，也是三年級生實際上的第一把交椅。

里沙剛加入社團就因姊姊的庇蔭而深受三年級生的疼愛，在同齡的一年級生之中也極受矚目。二年級生看到里沙這麼出鋒頭當然很不愉快，雖然表面上還不至於排擠她，有時還是對她不太友善。

里沙一定也感覺得出來，看她對待三年級生和二年級生態度的差異就知道了。

北条里沙絕不可能站在二年級這邊……

她反而是二年級生最棘手的敵人，很有可能號召其他一年級社員支持三年級生。

千遙早就就看透了這點，為什麼華江看不出來呢？

華江一定覺得憑她的才能、美貌和領袖魅力能讓她無所不能。她一定覺得只要自己努力勸說，就算是敵人的妹妹也會站在她那邊。

她是從小到大都一帆風順的女王陛下，如果沒有狠狠跌過一跤，她絕對不會明白別人也有別人的想法，不一定會符合她的想法。

她也不會想到背叛是多麼簡單的事。

她一定沒想過，如果政變失敗，受到制裁的就是她自己。

雖然三年級生明年春天就要畢業，但二年級生若是輸了鬥爭，站在三年級那邊的一年級生就會提高地位。

就像從前被趕走的男社員一樣，二年級生搞不好也會被放逐，再不然就是以失敗者的身分卑躬屈膝地留在社團，但身為主謀的華江鐵定會被踢出去。

就算華江等人贏了，和一年級生之間的摩擦遲早會演變成下一次紛爭。

簡單說，發動政變根本沒有任何好處。

……就算我勸她，她也不會聽的，所以還是別說了。

華江仍對著在圖書室裡圍著桌子的同志們發表她的演講。

這些人表現出一副支持華江的樣子，事實又是如何呢？

此時華江壓低聲音說：

「聽好了，我再說一次，絕對不能讓三年級生知道這個計畫，尤其要小心但丁。那傢伙最愛鬧事，說不定會躲在哪裡偷聽，如果這件事被寫在靈薄獄就完蛋了。」

至今都沒人知道使用筆名「但丁」、在天司中學地下網站留言的人到底是誰。

只要但丁現身，那串討論就會陷入混亂的風暴。

政變確實是但丁會感興趣的話題……

千遙以一副事不關己的態度這麼想的時候，華江突然站起來。

她嚴肅地走向後面那一桌，瞪著並肩坐在一起看書的眼鏡男學生和內向女學生，厲聲說道：

「你們是不是在偷聽我們說話？」

那內向的女孩渾身一顫，露出害怕的表情，在鄰座寫筆記的短髮眼鏡女生面無表情地轉過頭來。

內向女孩熱淚盈眶，好像快要哭出來了。

她小聲地說著「對不起……」，戴眼鏡的男生彷彿要阻止她道歉，開口說道：

「在圖書室那麼大聲說話，誰都能聽得一清二楚。而且妳的聲音那麼特別，更容易引人注意。」

眼鏡少年毫不畏懼地直視著華江的臉，語氣沉穩而堅定。

他明明身材矮小，又是娃娃臉，制服大到鬆垮垮的，卻給人一種成熟的感覺。

華江總是認為自己最有道理，很不擅長反駁別人，也沒有笨到分不清是非對錯，所以被他這麼一說就面紅耳赤、說不出話。

眼鏡少年面帶微笑地對著華江說：

「圖書室很安靜，最好不要在這裡說悄悄話。搞不好但丁會躲在哪裡偷聽喔。」

華江的臉變得更紅，眉梢不悅地挑起。

她走回千遙等人的身邊說：

「我們走吧。」

然後就快步走向門外。

千遙也跟在華江的身後。

眼鏡少年在桌上攤開的那本精裝書似乎有燙金，書頁側面看起來金光閃閃的。

千遙也曾被那本書莊嚴的設計和七彩光輝的書名吸引而拿起來看過，所以一眼就看出那是但丁的《神曲》。

裡面還收錄了多雷的版畫。

難道那個眼鏡少年就是但丁？

那位少年長得很普通，眼神也很溫柔，不太像但丁那種會在網路上搧風點火的人。

說是這樣說，在華江提起但丁之後出現的男學生正好在讀《神曲》，千遙還是有些難以釋懷。

華江正在跟其他人討論要去哪裡繼續開祕密會議。

要找一間空教室嗎？

有哪間教室是空著的？

一群人躲在空教室不是很可疑嗎？

還是在 Line 群組裡討論比較安全吧？

是啊。

最後大家決定各自回家，再用 Line 繼續討論。千遙和那些人分開之後又一個人悄悄跑回圖書室。

因為她很在意那位眼鏡少年。

她在門外偷瞄，看到一位烏黑頭髮隨便剪短、戴眼鏡的女生在做筆記，眼鏡少年坐在她隔壁桌看書，剛剛被華江質問到快要哭出來的內向女生，也坐在他身邊一起讀著《神曲》。

那兩人是情侶嗎？

看起來不太像，但是那位畏縮到非常誇張的女生待在眼鏡少年的身邊卻顯得很安心。

千遙躡手躡腳地走向書櫃，一邊假裝挑選書本，一邊繼續偷窺。

眼鏡少年不時對身邊的內向女孩露出笑容，女孩的嘴角也浮現了微笑，表情相當平靜，像是感到很安詳。

眼鏡少年看見她的反應，眼神變得更溫柔了，他頻頻點頭的模樣就像正在教小孩的幼稚園老師。

他應該不會是但丁吧……

那他們為什麼要一起讀《神曲》呢？千遙想著，一邊觀望時，眼鏡少年似乎聽到了什麼，他擺出豎耳傾聽的姿勢，接著轉頭望向千遙。

站在書櫃前的千遙嚇了一跳，倒吸一口氣，少年直勾勾地看著她，露出親切的笑容。

像是在呼喚遠離朋友、獨自站在一旁的孩子。

別站在那裡，過來吧。

他真的很像幼稚園老師。他到底是幾年級？三年級嗎……？不過英研社三年級生的心智年齡並沒有比二年級的千遙她們成熟多少。國中生都跟孩子差不多。

眼鏡少年不只是對她笑，還朝她招手。

旁邊的內向女孩有些吃驚，她轉頭看見千遙，立刻緊張得全身繃緊。

千遙沒有辦法，只能乖乖地走向他們。

眼鏡少年開朗地說：

「是妳身邊書櫃上的書本告訴我妳一直盯著這邊。找我有什麼事嗎？」

他像是在開玩笑。

「你是說你聽得到書本的聲音？」

千遙諷刺地反問，少年笑得很燦爛，眼神彷彿在惡作劇：

「嗯，從小就能聽見，我也不知道為什麼。」

書本才不會說話，這只是他個人開玩笑的方式吧。

「那妳找我有什麼事？」

少年神情柔和地問道，千遙冷冷地說：

「那本書是但丁的《神曲》吧？」

「是啊，這是多雷的插畫集。妳也讀過這本書嗎？」

「那本書的設計很豪華，很容易注意到。」

「如果妳想跟我們聊這本書，週六我們要舉辦讀書會，妳要不要一起來？主題就是《神曲》。」

眼鏡少年的態度太親切了，千遙有些不知所措。坐在旁邊的女孩表情依然僵硬，為什麼他能這麼輕鬆呢？

「不是的……我不是要跟你聊這本書……剛才你說『搞不好但丁會躲在哪裡偷聽』，而你正在看的書又正好是《神曲》，讓我非常在意，忍不住懷疑你就是但丁。」

千遙平時不會這麼坦率地說出心裡所想的事，此時卻直截了當地說出來。

那個內向女生又嚇得抖了一下，戰戰兢兢地望向眼鏡少年。

少年的嘴角緩緩浮現笑容，回答：

「怎麼會呢？不是啦。我叫榎木結，上週剛來到這所學校的圖書室，靈薄獄和但丁的事我也是最近才聽說的，我不是但丁啦。」

上週剛來到圖書室……？

千遙知道有些學生因為精神或身體的問題不能進教室上課，只能待在圖書室或保健室自習。

可是結看起來不像是身心有問題的人。啊，不過他說他能聽見書本的聲音，可能有一點妄想的症狀吧。

總之他大概只是碰巧正在讀《神曲》，和靈薄獄的那個但丁並沒有關係。

「是嗎？那就好。你們千萬別把剛才聽到的話告訴別人，也別寫在靈薄獄喔。」

千遙如此叮嚀。結友善地回答：

「喔喔，妳跟剛才那個女生是朋友吧？原來妳是因為擔心朋友，才跑回來調查我啊。」

千遙的心中隱隱作痛。

才不是因為這樣……

就算解釋了也不能怎麼樣，所以她沒有開口。

「她們好像在計畫一些很嚴重的事呢，既然妳們是朋友，最好還是去阻止她吧？我只是個外人，她卻突然對我們發脾氣，一副劍拔弩張的樣子，似乎有點危險呢。」

結沒有因為華江質問他而生氣，反而擔心華江惹上麻煩。

「……就算我去跟華江說，她也不會聽的。」

看到結這麼自然地關心別人的事，千遙的心卻越來越冰冷，她冷淡地喃喃說道：

「……一直都是這樣的。」

曾經是放逐者、如今是異教徒的千遙才不想隨便對女王陛下提出建議，而且她很清楚說了也沒用。

她沒必要多說話惹華江不高興，只要乖乖聽話就好了。

我不需要有自己的想法。

有太多想法只會讓自己受苦。

「所以妳不打算為朋友做任何事嗎？」

結不是在指責千遙，比較像是在激發千遙心底深處對華江的關心。

所以千遙更冷淡地回答：

「是啊，這才是最安全的做法。」

其實她根本沒有必要說出這句話。

那個內向女孩在結的身邊屏息注視著千遙，她畏懼的眼中充斥著擔心千遙的神情。

這個女孩也和他一樣善良呢……

結又開口說：

「我們在看但丁的《神曲》，現在正好看到懶惰之罪的部分。妳記得嗎？那些人受到的懲罰是在山路上不停地奔跑，不像被火燒或背大石頭的其他罪人那麼悽慘，感覺這種罪似乎不太嚴重……但什麼都不做毫無疑問是七項罪惡中的一種。這本書是這麼說的。」

「我什麼都沒聽到啊。」

千遙不悅地回答。

「你不是但丁就好。再見。」

千遙轉身走掉了。

一個平靜的聲音從後面傳來，鑽進千遙的耳中。

「如果把話壓在心底，沒有宣洩出去，那些話就會一直停留在心中，還是偶爾釋放出來比較好喔。」

千遙冷冷地想著「那只是你自己的想法」，頭也不回地走出了圖書室。

說什麼聽得見書本的聲音嘛，我才不想聽這種怪人說的話。

千遙走在走廊上，一邊感覺到自己連手腳都漸漸變得冰冷。

沒錯，我提出建議只會讓華江不高興，我早就知道了。女王陛下才不會誠懇地聆聽家僕的意見。

——妳又稱呼我的姓氏了。我們是朋友，直接叫名字就好了啦。

華江說過千遙跟她是朋友，但千遙並不這麼想。

我只是華江的家僕、跟隨者，還是個異教徒⋯⋯如果閉上嘴巴、藏起心思就能維持平安的生活，這樣做才是最好的。

除此之外，她別無期望。

就算高聲宣揚自己的主張，就算為了堅持己見而脣槍舌戰，一旦失敗就會遭到放逐。

千遙的心裡如此不舒服，大概是因為華江讓她想起了過去的自己。

還沒遭到放逐時的千遙總是清楚表達自己的意見，在同伴之中一向擔任領導者，她既強硬又有行動力，說話鏗鏘有力，就像要讓跟隨著她的所有人聽見。

當時的我就像現在的華江一樣自以為是。

我相信自己是對的，大家都會跟隨我、都會支持我。我對此從來不曾有過半點懷疑。

千遙失敗後，過去吹捧她的那些追隨者馬上就捨棄了她，冷眼看著她，站到批判她的那一邊。

現在的華江和過去的千遙一模一樣。

結說華江看起來有點危險，說得一點都沒錯，曾經犯過相同錯誤的千遙比誰都清楚華江的計畫有多危險，她可以輕易想像出華江之後要面對的是多麼屈辱和絕望的未來。

華江一定會失敗，一定會遭到放逐。

二年級生現在雖然支持華江，但她們如果知道三年級生和一年級生聯合起來、自己就沒有勝算了，一定會立刻拋下華江，只顧著讓自己留在英研社。

我也會這麼做的。

只不過是追隨的人從華江變成其他人罷了，就算要去巴結一年級的北条里沙也行。

簡單得很，只要把心靈放空，什麼都別去感受就行了。

就像她至今對待華江的態度一樣。

榎木結隱晦地指出千遙犯了懶惰的罪。

刻意漠視該做的事，散漫無為地過日子，就得受到在山路上奔跑的懲罰。千遙也記得在《神曲》裡看過罪人們互相催促著「快點、快點」跑得氣喘吁吁的模樣。

「快點、快點、快點」……

以前千遙也是喊著這種口號跑在最前頭，不過那些事遙遠得好像已經過去幾百年了。

如今她只是在高喊「快點、快點」的華江身後那些追隨者的後面慢慢走著。慢慢走，慢慢走，彷彿隨時準備脫隊。

因為我是個異教徒。

如果我墮入地獄，或許會被打入諂媚權貴、巧言令色的馬屁精們受處罰的地方。

那是一條裝滿屎尿、散發出惡臭的溝壕。或許我得和其他馬屁精們一起泡在那條溝壕裡。

『攀著岩壁試圖爬出溝壕，也會因為太滑溜而爬不上去。屎尿的臭氣熏得人睜不開眼，一張開嘴巴就會忍不住咳嗽，吐出的穢物沾在身上，讓他們已經髒汙不堪的赤裸身體變得更骯髒。』

這幅景象就算跟《神曲》插畫集的其他章節相比，都顯得格外恐怖。罪人們在發出惡臭的穢物中痛苦掙扎，拚命攀抓溝壕的岩壁試圖爬上去，那鮮明的畫面此時彷彿又清晰地浮現在千遙的腦海中。

一定是因為她認定自己遲早也會墮入那個地方。

又或許她會被打入異教徒聚集的墓地。

打開蓋子的石棺裡冒出火焰，呻吟聲從裡面傳來。

無論是去哪一層，反正我一定會墮入地獄。

千遙對這件事已經沒有任何感慨了。

再怎麼掙扎也沒有意義。

既然如此，乾脆什麼都別做。

就算華江像以前的我一樣失敗了、被放逐了，嘗到了地獄的滋味，那也是她自作自受，跟我才沒有關係。

——既然你們是朋友，最好還是去阻止她吧？

結的聲音又在千遙的耳中響起，她卻無情地甩開。

「……我才不是華江的朋友。」

——所以妳不打算為朋友做任何事嗎？

「……我又沒有把她當成朋友。」

——我們是朋友，直接叫名字就好了啦。

「這麼想的只有華江……我才不是這樣。」

——片山同學，妳在課堂上朗讀課文讀得非常好，如果妳還沒有社團的話，要不要加入英研社啊？

「我對英研社也沒有半點興趣。」

——妳看，妳又稱呼我的姓氏了。

她鼓著臉頰這麼說，然後眼中充滿光彩，嘴脣如玫瑰散發香氣一樣漾開笑意，把自己的額頭貼在千遙的額頭上。

——啊，妳發燒了耶，今天最好早點回家休息，在自己的棉被裡好好地練習叫我的名字。

她這樣說道。

隔天千遙來到學校，她就開心地大大揮手，用那宏亮又有特色的嗓音直呼千遙的名字，跑了過來。

——太好了！妳已經退燒了吧？那就把作業交出來吧，我來給妳打分數。

她閃閃發亮的眼睛注視著千遙的臉。

千遙看她湊得這麼近有些困惑，但還是叫了華江的名字，華江一聽就笑得像花朵一樣明豔。

——滿分一百分！

她這樣叫道，一把抱住千遙。

「我才沒有把華江當成朋友……可是華江她……」

華江不是一直都把千遙當成朋友嗎？

因為華江既好強又有完美主義，率直得不得了，她說出口的話絕對不會是假的。

——我們是朋友，直接叫名字就好了啦。

那句話一定也是華江的真心話，華江真心把千遙當成朋友，就算只是一大票朋友之中的一個。

——不管我說什麼，千遙總是只會回答「對啊」……

有一次社團的人都回家了，千遙和華江在安靜的社辦聊天，華江突然陷入沉默，露出寂寥的表情說出這句話。

當時千遙的心臟怦怦狂跳，冷汗都冒出來了。

華江發現我是異教徒了嗎？

怎麼辦？

我又要被放逐了。

又要受懲罰了。

一想到浸泡在滿是穢物的溝壕裡的罪人，還有異教徒墓地的熊熊火焰和痛苦哀號，千遙的心中就充滿恐懼。

不過華江只是表情寂寞，並沒有質問千遙。

千遙努力不讓自己發抖，回答說：

——因為妳說的都是對的……

她就露出更悲傷的表情說：

——沒這回事。

然後她笑得像平時一樣燦爛。

——所以妳不用跟我客套啦，有什麼話就直說吧，我們是朋友嘛。

她說著拍了拍千遙的肩膀。

「為什麼……會突然想起那些事……」

她得把心靈放空。

她得抹消所有感情。

她不需要有自己的想法。

——所以妳不打算為朋友做任何事嗎？

為什麼我會一再地想起那位眼鏡少年說的話，還有華江對我展露的笑容和話語呢？

我明明是個異教徒。

我明明一直在背叛華江。

是啊，我從來不把她當成朋友。

就算華江被放逐，就算我再也不能和華江說話，再也不能叫她的名字，我一點都不在意！

可是千遙原本緩慢的腳步卻不知不覺地越走越快。

快點、快點、快點。

既像煉獄那些為了煉淨懶惰之罪在山路上上氣不接下氣地奔跑的人們，她也氣喘吁吁地往前疾行。

快點、快點、快點。

彷彿被心情向前拖拉似的，她用力踏地，拔腿狂奔，衝過走廊，回到教室。她沒有看到華江，又奔向英研社社辦所在的三樓。

此時華江正走向英研社，千遙一看見那美麗又英挺的背影，就放聲大喊：

「華江！」

華江轉過頭來。

「啊？怎、怎麼了？」

她睜大眼睛，說不出話，多半是因為看到了平時態度冷淡、從不大聲說話的千遙這樣拚命地大叫。

千遙幾乎撲到華江身上，抓住她的雙手，把過去積鬱心中的話語全都吐了出來。

「華江！妳準備做的事是非常危險的，妳知道嗎？如果政變失敗，妳就會被逐出社團！所以我絕不同意！因為我自己也犯過同樣的錯！」

千遙這副焦急的模樣讓華江更吃驚了，她目瞪口呆，愕然無語。

千遙抓著華江雙手的手握得更用力，她凝視著華江的臉，說出了她死都不想說的祕密。

說出了她的罪！

「我曾經是個放逐者！」

華江的臉上又增添了一絲驚訝。

千遙無法抑制的情感從體內湧出，喉嚨和眼睛都熱到發燙。

「國一的時候，我就像現在的妳一樣站在領導者的位置，覺得自己是個優秀的改革者，堅定地實踐自己的信念。我本以為大家都會追隨我，事實卻不是這樣！他們在地下網站說了我很多壞話，就連我當成好朋友的人也捨棄了我，我就這麼成了放逐者，連社團都待不下去！」

那時的自己既愚蠢又高傲，幼稚至極。

受到了很多懲罰。

「妳犯了和當時的我一樣的錯誤！我不想看到妳也掉進我待過的地獄！想清楚一點！妳真的有必要把大家都拖下水嗎？這件事真的非做不可嗎？」

華江驚訝的表情漸漸改變了。

她皺起臉孔，眼眶含淚。

「妳可能以為自己絕對不會失敗，但我不這麼認為！在我看來，妳既莽撞又天真，太危險了，計畫又滿是漏洞，只是拚著一股氣勢去做，我不能放著不管！」

現在輪到華江攀住千遙了。

華江放開雙手，摟住千遙的脖子，發燙的臉頰靠在千遙的頸邊大哭，千遙也淚流不止：

「華江，收手吧。三年級的學姊很快就會畢業了，我們明年再參加大賽就好了，這段時間妳可以召集更厲害的成員，繼續訓練，栽培出最強的隊員，這樣不是很令人期待嗎？」

千遙的喉嚨和胸前都沾溼了。華江一邊哽咽，一邊點頭回答「嗯，嗯」。

◇　◇　◇

後來兩人去了圖書室說悄悄話。

「從來沒人對我說過這些話……我很驚訝，但又很感動……那個，如果妳以後也願意陪我商量其他事……我會……很高興的……」

華江像是很不好意思，越說越小聲，千遙也壓低聲音，把食指貼在嘴前說：

「好的，我會小聲地、悄悄地陪妳商量，免得給別人添麻煩。」

◇　◇　◇

清良滿懷感動地看著斜前方座位上，把臉湊在一起小聲說話的兩個人。

「事情好像解決了呢。太好了。」

聽到坐在旁邊的結這麼說，清良點頭同意。那兩人表情平靜，看起來非常融洽，清良看了也覺得心中暖洋洋的。

「我……是不是也能往前走呢？」

她喃喃說道。結眼神閃亮地回答：

「妳一定很快就能做到。」

「嗯。」

清良也這麼覺得。

刻在但丁額頭上的P字又少了一個，煉獄之旅也逐漸接近終點。

穿越淨化的火焰後，來到了花朵盛開的小溪邊，有個漂亮的女人唱著歌，一邊摘花。

『我是莉亞，我裝飾自己，好欣賞鏡裡的美貌。我的妹妹拉結整天坐在鏡前，樂於凝視自己眼睛的神采。』

插畫裡有個像女神一樣戴著花冠的長髮女人，四周風景也不像先前的插畫那樣陰鬱可怕，彷彿有光芒從天而降，到處都很清新明亮。

清良正在看書，華江緊抿著嘴巴、紅著眼睛走過來。

她站在清良他們這一桌的旁邊，清良很緊張，以為她又要罵人，結果她小聲地說：

「那個……剛才的事……很對不起。我太激動了，所以說話比較大聲，以後我會多注意的。」

看到她僵硬地低頭道歉，清良訝異地睜大眼睛。

結微笑地說：

「謝謝妳專程過來道歉。我自己也是，我也因為自言自語太大聲而被糾正過，所以我們是半斤八兩。我也得多注意一下才行。」

聽到結這麼說，華江的表情立刻放鬆下來，但她隨即收斂神色，低聲說道：

「為了小心起見，我還是提醒你一聲……靈薄獄上有人在調查但丁的真實真分，我在那個討論板上看到，他們說但丁……」

清良鄰座那位頂著隨興的烏黑短髮、戴眼鏡的女學生面無表情地寫著筆記本。

華江像在說悄悄話似地說道：

「但丁躲在圖書室裡。」

第六個P

嫉妒

一小路芽衣最喜歡的就是搞破壞。

搞破壞指的是介入感情融洽的朋友或情侶之間，若無其事地搬弄是非、挑撥離間，或是在學校的地下網站逛討論串，一旦找到有趣的話題就在裡面搧風點火，帶動輿論，擴大不安，最有趣的就是在班級專用的討論串搞破壞。

班上同學原本在網路上愉快地聊天，但芽衣只要丟出一句話就能讓他們萌生猜疑和不滿，留言的語氣越來越尖銳。芽衣看著紛爭從網路上蔓延至現實世界，使得班級的人際關係逐漸崩毀，她就會愉快興奮到渾身戰慄。

芽衣之所以會開始搞破壞，是因為她在班上沒有朋友，只能獨自待在圖書室，卻在無意間聽到別人的談話內容。

有兩個女學生融洽地一起準備考試，她們看起來天真又可愛，氣氛很平和、很開心。

——妳看，這裡用這個公式就行了。

——好厲害喔，妳的頭腦真的很好耶，又懂得怎麼教別人，不愧是立志當老師的人。

──國文就比不上妳了啦，我最不擅長讀文章了，真佩服妳耶。

──我才羨慕妳咧，妳輕輕鬆鬆就能解出數學題，真是帥呆了。

──數學可以教人，國文我就沒轍了。

──不會啦。我可以教妳啊。對了，這週六來我家住吧，我會做妳最喜歡的起司蛋糕。

──哇！妳做的起司蛋糕超好吃的！那我再帶一些伴手禮過去，順便帶數學題庫。

──嗯，我們就互相教導吧！嘿嘿，真期待。

看到她們親熱的樣子，芽衣就渾身不舒服。

就算相處時很甜膩，但女生之間的友情只要有一點小事就會崩毀。

原本互相讚美，一旦感情變質，就會互相批評「我最討厭妳某某地方」、「我絕不原諒妳做的某某事」。

說不定那兩個人會就此決裂。

是啊，只要加入一些毒素。

起初只是個小小的念頭。芽衣聽著那兩個女生融洽的對話，思索著要怎麼做才能破壞她們的關係，越想越覺得簡單。

——聽說○○很討厭吃起司蛋糕。她有個朋友老是做起司蛋糕給她吃，讓她非常頭痛呢。

——○○說她只喜歡文學，根本不想學習數學。真希望別人不要勉強她。

她只是散播了簡單幾句話，原本親密的好友就開始互相懷疑了。

——妳想說什麼就直接對我說啊！只會把話藏在心裡，真叫人生氣。妳從以前就是這個樣子。

——妳才是咧！說什麼「我的個性比較大剌剌」，從來不會考慮別人的心情！每次都是我在讓妳，我真是受夠了！

芽衣甚至目睹了她們在走廊上互罵的精采畫面。

看吧，真的很簡單呢。

而且做起來好愉快啊。

真想多做幾次。

下次找一對情侶吧。

經常在圖書室一起借書的清純情侶，短短一個星期就各自和別人交往了，自誇「我們班最團結了」的班級短短三天就變得分崩離析。

因為搞破壞實在太簡單了，芽衣越來越停不下來。

何止如此，她甚至積極地到處找尋獵物。

在她眼中最好的獵場就是圖書室。

在學校走廊、樓梯口、沒在使用的空教室、上體育課時的更衣室，大家在這些地方也會粗心大意地洩漏不少個人資料。而芽衣之所以最喜歡圖書室，是因為獨自待在這地方也不會惹人起疑。

此外，她在找到獵物之前還可以看看書、寫寫功課來打發時間。

今天要破壞誰跟誰的關係呢？

再去搞垮一個班級也挺有趣的。

她選擇獵物的標準是「幸福」。

好朋友、相愛的情侶、和樂融融的班級，只要芽衣聽到那些人的對話會覺得不舒服，就會選他們做為目標。

你們是從幼稚園時代開始相處的好朋友啊？會在家裡一起玩玩偶，還會一起去露營烤肉？聽起來真開心呢。

妳一直暗戀的男生接受了妳的心意？太好了。第一次約會要去看電影啊？那妳一定為了挑衣服而煩惱不已吧。

恭喜你們，下次比賽若是贏了，就能晉級前四強喔。你們果然是最強的隊伍呢。

喔？只要成績進步就要全家一起去夏威夷旅行？這樣啊，你們家人感情真好。不過現在就開始列紀念品清單是不是太急了點？

○○老師動不動就把工作丟給我，說什麼能依靠的只有我，真是拿他沒辦法……這樣算是炫耀嗎？

哎呀呀，在圖書室裡鬧哄哄的，到底有什麼事這麼開心啊？這些人一定都沒有煩惱，幸福得很。

芽衣覺得自己像個惡魔。

但丁的《神曲》寫到犯了嫉妒之罪的人會被鐵絲縫住眼睛，不過就算眼睛看不到，那些令人不悅的話語還是會傳入耳朵，所以根本沒有用。自己是不是有朝一日也會被鐵絲縫住耳朵？

雖然芽衣有時也會這樣想，但是搞破壞已經成了她生活的一部分，實在是難以捨棄。

今天芽衣盯上的目標是榎木結，一個成天泡在圖書室的男學生。

他頂著一頭尾端捲翹的柔順黑髮，戴著一副大眼鏡，穿著尺寸過大的制服和長褲，彷彿是父母考慮到他將來會長高而刻意把制服做得比較大，結果身高體重都沒有像預期的那樣增加，但聽說他是最近才來到天司中學的，或許是穿別人的舊制服吧。芽衣想到這一點之後，就覺得他的制服外套和長褲看起來確實有點舊。

待在圖書室裡的學生除了結以外，還有一個叫作鈴井清良的一年級女生，她從春天開始就一直窩在圖書室窗邊的座位看書、寫功課。她總是膽怯地僵著表情，一個人待著，怎麼看都不像個幸福的人，所以芽衣沒有選她做為獵物。

結是秋天過了一半的時候來到圖書室的，他和清良一樣不進教室上課，但言行和氣質都和清良截然不同，完全看不出來他有什麼理由要待在圖書室。

他雖然矮小，但看起來很健康，臉蛋像小孩一樣光澤明亮。鏡片底下的溫柔眼睛閃爍著光輝，絲毫沒有緊張的感覺。

不只不緊張，他根本輕鬆得像是在好朋友的家裡玩。

有時結會對著圖書室的書櫃開朗地說：

——嗨，你好。

——嗯，很順利。

——昨天多虧有你告訴我桐島老師的事，幫了我一個大忙。真是太感謝了。

芽衣看到他這種行為只覺得莫名其妙。

因為芽衣是躲在書櫃後面，結一定沒發現旁邊有人。她很多次偷聽到學生以為沒有別人時的自言自語，他們說的都是「混帳」、「可惡」或「我受不了了」之類的話。

她從沒看過誰在自言自語時表情這麼明亮，語氣如此親暱，而且當芽衣緊盯著他的時候……

——咦？

結突然睜大眼睛。

——喔，這樣啊。

他喃喃說道，然後露出微笑。

——嗯，我會注意的。

他這麼說道。簡直就像有人告訴他芽衣正在偷看。

芽衣覺得不可能會有這種事，但又忍不住擔心，就悄悄地離開了。

她靠近結的時候經常碰到這類令她不知所措的情況。

——我聽得到書本的聲音。

聽到結對清良說出這句話時，芽衣還以為自己聽錯了。

聽得到書本的聲音？

他的意思是書本會說話嗎？芽衣經常跑來圖書室，豎起耳朵偷聽別人說話，但她從來沒有聽過書本發出聲音。

這個榎木結真是怪胎！

說是這樣說，結坐在窗邊座位悠哉地看書的模樣卻好像沒有任何壓力，非常幸福。

不只如此，總是聳著肩膀、縮頭縮腦的清良在結來了以後變得更常笑了。她會聽結說話，也會主動對結說話，結看著她的眼神非常溫和，還會對她露出溫柔的笑容。

看到他們兩人親密的樣子，芽衣的心裡就像平常一樣感到厭惡，結那副悠哉的模樣也讓她看不順眼。

除了清良以外，極受女生崇拜的三年級男生小關潮也會來找結。

——我來看看你。

——難得能和結哥同校，如果只用 Line 聊天就太浪費了。

——能在我們學校的圖書室和結哥見面，對我來說可是一件大事呢。

他說這些話時臉頰還微微泛紅，一眼就能看出他很仰慕結。結也很親熱地稱他為小潮。

聽到結和潮、清良在討論讀書會的事情時，芽衣的心裡非常不舒服。

決定了，下一個獵物就是榎木結。

如果可以毀掉他那悠然自得、輕鬆自在的態度，她心中這種難受的感覺就會消失了。

芽衣先從仰慕結的小關潮下手。

她裝成一個善良的學生，有些遲疑地喊住了潮。

「那個……和小關學長在圖書室聊天的那個戴眼鏡的男生……」

潮有些訝異，他似乎想著「這女生是誰？為什麼要對我說結哥的事？」，頻頻打量著芽衣，但是聽了芽衣說的話以後，女生們都很迷戀的那張美麗溫柔臉龐漸漸板了起來。

「那個人對喜歡小關學長的女生說『我和小潮很要好，我可以介紹你們認識』，藉故接近那些女生……我的朋友都不知道該怎麼辦……」

看到潮皺著眉頭，芽衣就覺得進行得很順利。

一開始先投入這些毒素就好，接下來再……

但潮露出了微笑，讓芽衣有些愕然。

原本板著臉的潮突然換了一副爽朗的笑容，像是忍俊不住地笑著說：

「結哥不會做那種事啦。」

第一次有人這麼迅速地反駁她。

大部分的人聽到芽衣說的話都會表現出驚訝和困惑，然後帶著逐漸萌生的疑慮走掉。

但是潮沒有那種反應，反而語帶愉悅地繼續說：

「結哥有個非常愛吃醋的女友，結哥也很愛她，所以他絕對不會對人類女孩感興趣的。」

芽衣聽不太懂潮說的話。

絕對不會對人類女孩感興趣？

他的意思是結會對人類以外的對象感興趣嗎？

潮又說「一定是妳搞錯了，要不要我去問問結哥？」，芽衣急忙回答：

「沒、沒關係，不用了。我會再去跟朋友確認看看。打擾了！」

然後她就逃走了。

沒想到結竟然有女友，這次是她失算了。

真是的，換個戰略吧。

接下來芽衣攀談的對象是鈴井清良。

芽衣看準清良一個人走在走廊上的時候，對她說：

「我跟妳說喔，和妳一起待在圖書室的那個叫榎木的眼鏡男，在以前學校的圖書室裡曾經對人動粗，割傷了一個女生喔。」

聽到這駭人的消息，清良嚇得臉色煞白。

清良天生對別人發出的聲音很敏感，甚至沒辦法坐在教室裡聽課，如果她聽說結有暴力傾向，一定會嚇得離他遠遠的。

芽衣看到清良的雙腳在發抖，就親切地問她：

「沒事吧？對不起，跟妳說了這些話。我只是因為擔心妳……」

但清良怯生生地回答：

「榎木同學……不會做這種事的。」

芽衣此時的訝異更勝過被潮反駁的時候，她愕然地盯著清良。

清良這麼膽小，稍微大一點的聲音都能把她嚇得渾身發抖，芽衣本來以為她聽了這些話就會滿心擔憂，開始鑽牛角尖，不敢再跟結說話。

「榎木同學……非常珍惜書本……所以我想……他應該不會在圖書室裡動粗。」

她的聲音小到幾乎聽不見，但還是堅持地把整句話說完了。

雖然她相信結的原因「他非常珍惜書本」，讓芽衣覺得有些牛頭不對馬嘴。

芽衣越來越困惑了。

珍惜書本就表示那個人很善良嗎？

怎麼能這麼簡單就相信別人？

清良對芽衣點點頭，就走掉了。

不只是挑撥潮失敗，挑撥清良也失敗了。

芽衣無可奈何，又跑去找圖書室的司書初音老師說結的壞話。

既然結要待在圖書室，被司書老師討厭的話，日子一定會變得很難過。

「我看到榎木同學擅自拿走圖書室的好幾本書，而且他還把臉貼在書上磨蹭，甚至把口水沾在上面。」

如果她說結損壞書本，對方可能又會說「榎木同學不會做這種事」，所以她這次換了個方法。

結果初音老師睜大眼睛說：

「哎呀，聽起來就像是榎木同學會做的事呢。」

終於有人相信了，芽衣正感到鬆了口氣，老師又苦笑著說：

「榎木同學也真是的，實在拿他沒辦法。我會婉轉地提醒他，叫他要遵守借書數量限制的規定，還有，不要把臉貼在書上磨蹭。至於口水……該怎麼辦呢？」

老師反而詢問芽衣的意見，讓芽衣不知該如何回答。

初音老師始終都是一副「拿榎木同學沒辦法」的態度，像是表示她早就知道結愛書成痴，這點小事不值得她大驚小怪。

芽衣本想讓老師討厭結，這次又失敗了。

接下來要怎麼做才能毀掉結的人際關係呢？她對結的瞭解太少了，連他是幾年幾班的都不知道。

芽衣也考慮過編造結做了某些壞事，在靈薄獄散播，但結是最近才來到天司中學的圖書室，大家都還不認識他，就算看到他的壞話也只會覺得「這是誰啊？」、「不認識啦」。

而且他又不進教室上課，芽衣就算鼓吹同學排擠他也沒有用。

結也沒有參加社團，看來只能挑撥他那個愛吃醋的女友了。芽衣稍微振作起來，心想這才是展現她搞破壞技巧的好機會。

為了探聽結女友的資訊，芽衣非常專注地偷聽結和清良在圖書室聊天的內容。

清良不知何時已經坐到結的身邊，跟他一起看同一本書。

那是邊緣閃爍著金光的豪華精裝書，但丁的《神曲》。

芽衣也看過那本書。

這本插畫集有一半的頁面都是細緻的版畫，在圖畫和文字的相互輝映之下，更讓人被地獄裡罪人受罰的景象嚇得毛骨悚然。

我將來一定也會下地獄，被鐵絲縫住眼睛。

不過那是很久以後的事。

芽衣現在只是國中生，今後還得活很久，久到令人厭煩。

總之她現在得先查出結的女友是誰，然後找機會接近她，挑撥她離開結。

既然她愛吃醋，只要騙她結和清良的關係不單純，她一定會大發雷霆。

不過芽衣越是偷聽結說話，腦袋就越混亂。

他說女友的名字叫「夜長姬」……咦？「姬」？這是外號嗎？光是這位女友的名字就讓芽衣滿頭問號了。

他把自己的女友稱為「姬」（公主）嗎？還是他女友自己要求的？若是如此，那個女生一定怪怪的。不，說不定真的是那女生的父母給她取了這種誇張的名字……

接著結又說：

「哎呀，我沒有劈腿啦，夜長姬。」

「隨便詛咒別人太失禮了，夜長姬。」

「我的女友說話很不客氣，真是對不起，她只是太喜歡我了。」

「別生氣啦，我最愛妳了，夜長姬。」

聽著那些甜膩的低聲細語，芽衣一次次感到愕然，頭都昏了。

難道所謂的女友是只存在於結腦袋裡的虛構人物嗎？

若是這樣，芽衣就沒辦法挑撥她了。

可是，看著結繼續露出悠哉的笑容，芽衣胸中那股鬱悶之氣就無法消散。

而且「但丁」已經向芽衣下令了。

解決掉榎木結。

制裁入侵天司中學的異教徒榎木結。

榎木結是要來毀滅天司中學的惡魔。

類似標題的討論串一個接一個地出現在靈薄獄。

芽衣一再製造出可笑的失敗，沒有達到任何成果，令但丁非常不耐。

討論串裡偶爾會有其他學生進來留言，但他們的態度和芽衣想得一樣冷淡。

——榎木結是誰啊？

——成天泡在圖書室的樸素眼鏡男。

——我也見過，是個很普通的眼鏡仔。

——是啊，真的很普通。

討論沒有延續下去，就這麼結束了。

即使如此，但丁依然積極開啟跟結有關的討論串，於是漸漸出現一些新的討論，說「但丁越來越不正常了」、「但丁已經到了末期」、「但丁幹麼死咬著榎木結不放」。

人們對榎木結都不感興趣，反而覺得但丁對結窮追猛打很奇怪，紛紛留言調侃。但丁對此非常不高興，便責怪芽衣「都是因為妳拖拖拉拉的」、「快點把榎木結趕出天司中學」。

榎木結是大罪人。

芽衣用圖書室的電腦連上靈薄獄，看到但丁又建立了這個標題的討論串。

可是，結犯了什麼罪呢？

驕傲？

嫉妒？

憤怒？

懶惰？

貪婪？

暴食？

色慾？

她總覺得每一項都對不上。

要說結驕傲，他心胸開闊又善良，要說他嫉妒，芽衣並沒有聽過他說別人壞話，也沒看過他生氣到稱得上是憤怒的程度，而且他說話傷到清良的時候還會拚命道歉說「對不起，對不起」。

會是懶惰嗎？

他沒有進教室上課、悠哉地待在圖書室，這樣算是犯了懶惰罪嗎？不過有學生帶著自己的罪走進圖書室，結都會關心她們、幫助她們。

要說貪婪嘛，結看每一本書的眼神都很溫柔，翻著《神曲》插畫集的動作也非常輕柔，他總是滿懷愛意地讀著每個字，絕不會囫圇吞棗地迅速掃過。

暴食應該不可能吧。

色慾好像也跟他扯不上邊。

他頂多只會因為太愛虛構出來的女友，墮入了違背常規、沉溺淫邪者的地獄。

可是，跟虛構的女友要怎麼沉溺於淫邪？

靠想像嗎？

這樣算是犯罪嗎？

所以芽衣到底該指責他什麼事？

到底該如何攻擊他、毀壞他？

結就像他那尾端蓬鬆搖曳、稍微捲翹的柔順頭髮一樣，各方面都很柔軟，令人摸不清他的底細，但他和身邊的人卻又能建構出堅韌的情誼。

小關潮和鈴井清良都沒有受到芽衣的挑撥。

他們都說榎木結不是這種人，榎木結不會做這種事。

她不知道要怎麼擊垮結。

他怎麼打都打不倒。

在芽衣胸中呻吟的那股鬱悶逐漸擴散到她的喉嚨、手臂、雙腳和手指，她感到全身刺痛，心裡越來越焦躁。

這一天，結他們在圖書室裡舉行讀書會。結、清良、潮、司書初音老師四人坐在他們平時使用的座位上，中間攤著沉甸甸的精裝本《神曲》。

燙金的書頁發出金黃色光芒，右邊頁面是文字，左邊頁面是精緻的版畫。

畫中的人們從頭頂到全身都裹著粗毛布，背靠著山壁靜靜地坐著，站在中間、憐憫地垂低臉孔的兩個男人應該是但丁和他的嚮導，詩人維吉爾。

芽衣也看過這本插畫集，她知道這幅畫描繪的是因嫉妒之罪而受罰的人，頓時感到手腳冰冷。

他們翻到這一頁只是偶然。

只是巧合。

芽衣握住自己顫抖的手，如此說服自己。

結和其他人應該都沒有發現芽衣躲在這裡偷聽他們說話。

「那麼，再來請初音老師朗讀。」

聽到結這麼說，初音老師回答：

「好的。」

她慢慢地朗讀書本內容。

『接下來是煉獄的第二圈山路，這裡是用來淨化嫉妒之罪的。』

芽衣的胸口和手腳都在發冷。

鬱悶的感覺從她的喉嚨衝到嘴邊。

『有一大群穿著粗毛布服裝的人坐在地上，靠著山壁。雖然聽得見祈禱的歌聲，其中卻充滿了難以言喻的悲痛音色。』

成年女性沉穩聲音說出的話語流入芽衣的耳中，就變成了悲悽痛苦的音調，那股鬱悶繼續湧到她的鼻下。

為什麼？

好痛，體內隱隱作痛。好不舒服。

『脆弱的聲音匯集合一，經由岩壁的反彈，彷彿整條山路都悲傷地顫抖著。那些人似乎全都閉著眼睛，雖然人這麼多，卻感覺不到任何目光。』

不要。

我不想聽下去。

別再念了。

『我以為他們全都是瞎子，走進一看，卻看見了令我不敢置信的景象。』

快停下來。

『他們的眼睛都被鐵絲縫住了。我真不知該如何形容那副慘狀。』

『為了洗淨嫉妒別人的罪惡，所有人的眼睛都被縫上，淚水從中流出。』

書上寫的都只是但丁的想像，究竟是不是真的有地獄，只有死了以後才會知道。

對芽衣來說，那是非常久遠的事。

芽衣本來是這麼想的，但那刺痛的感覺蔓延到她的眼睛，她的眼球又熱又痛。

夠了，我不想繼續待在這裡了。

但芽衣彷彿被黏在椅子上，身體動彈不得。

她只能豎耳傾聽傳來的聲音。

初音老師的朗讀結束後，潮先開口說話。

「這種總覺得別人比自己幸福，因而鬱悶難受的心情讓人很有同感呢……我想應該沒有人從未嫉妒過別人吧。」

清良也小聲地說：

「我也有想過……為什麼我害怕的東西別人都不怕呢……這樣太不公平了……這也算是嫉妒吧……？」

初音老師也點頭說：

「是啊，每個人都會有嫉妒的心情，尤其是學生時代，身邊都是和自己同年齡的孩子，一眼就能看出誰的成績比較好，誰的運動能力比較強，誰的朋友比較多，自然會互相比較，讓人覺得壓力很大。」

逐漸侵蝕芽衣的刺痛感繼續從眼睛蔓延到額頭，太陽穴傳來脈搏鼓動的觸感。她一直覺得喘不過氣。

聽到他們說的話，芽衣在心中大吼。

不要這麼輕易地下結論！

不要講得好像每個人都很瞭解我這種無法抑制的痛苦黑暗的心情！

你們根本不懂我是多麼地難受、懊惱，多麼地折磨！

就在芽衣無助到快要哭出來之時，一個輕柔的聲音傳來。

結開口說話了。

「我覺得，被嫉妒囚禁的人應該各有各的苦楚，他們都有各自的悲傷和寂寞，不能光用嫉妒一詞概括論定……」

結的聲音傳入芽衣的耳中，聽起來充滿了溫情，讓芽衣好想哭。

她的喉嚨像是因膽小而顫抖著。

「我想，會嫉妒的人都是心裡有某個部分得不到滿足的寂寞之人。」

為什麼他說話如此緩慢而溫柔？

像是相互依偎的輕聲細語。

結彷彿知道芽衣聽得到一切。

「嫉妒是為了把不舒服的感覺從自己身上甩開，卻因此更加痛苦，不禁埋怨為何只有自己在受苦，然後又更嫉妒別人。就這樣形成了惡性循環，無法擺脫。」

他說得完全正確。

芽衣一直在嫉妒比自己幸福的人，破壞了很多融洽的關係。

可是，看到那些清晰可見的情誼和幸福被自己兩、三句話就簡單地毀掉了，芽衣並不會因此感到開心。

第一次挑撥了一對好朋友的時候，芽衣非常興奮，覺得自己彷彿成了全能的惡魔。

接下來兩次破壞行動也依然令她感到很得意。

可是她的胸中越來越不舒服，心情越來越黑暗。

無論破壞多少關係，那不舒服的感覺都不會消失。

每個人的聲音聽起來都很幸福、很自豪，所以她又繼續嫉妒下一個人，繼續搞破壞，不停地重複。

這樣根本不快樂！只是讓她更痛苦。

可是芽衣卻停不下來。

她忍不住要嫉妒別人。

忍不住羨慕別人——

自己是如此可悲而貧乏的人，沒有錢、沒有才能，又沒有朋友，為什麼別人可以理所當然地擁有這一切呢？

好羨慕。

好嫉妒。

好想毀掉。

是啊，去破壞吧。但丁如此慫恿著她。

讓妳不快樂的人都該受到懲罰。

去毀掉他們吧。

把他們打擊得粉碎，拖進妳所在的地獄吧。

「我停不下來……」

芽衣的口中發出沉痛的聲音。

傳遍全身的那股刺痛蔓延到了她的頭頂，她全身痛得像是被火燒傷。

「我明明已經不想做了……」

她不想再嫉妒了。

成天都在豎耳傾聽別人是不是比自己更幸福，只要聽到比較幸福的聲音，她就如坐針氈，痛苦不已。

她不想再這樣下去了。

自己的嫉妒，慫恿她的但丁，全都消失吧。

真想殺了但丁。

不，乾脆把她不得不服從那可恨但丁的眼睛和耳朵都毀掉，這樣她就再也看不到但丁的留言，再也聽不到幸福的聲音，就不會再嫉妒了吧。

櫃檯上放著筆筒，裡面插著簽字筆和剪刀。

芽衣站起來，衝向櫃檯。

她睜大刺痛的眼睛，喘著氣，雙手握住剪刀，從筆筒裡抽出，正準備把閃著寒光的銳利刀刃刺進右邊耳朵時……

芽衣的手腕被人一把抓住，眼鏡少年的聲音傳來：

「請住手，初音老師。」

第七個P　憤怒

我第一次和那金光閃閃的書本說話，是在高二的秋天。白天的陽光依然如夏天一樣熾熱，到了傍晚就會吹起涼風，我的書友小潮在這時期打電話給我。

——結哥，你週五晚上要不要來我家住？我在學校圖書室借了一本很有意思的書，很想跟你暢快地聊一聊。

他非常興奮地邀請我。

——嗯，好啊。是什麼書？

我如此問道。

——是但丁的《神曲》！不過這本和一般的《神曲》不一樣，書本設計非常精美，還收錄了很多精緻的版畫，總之就是非常特別啦！文字內容是由詩人兼創作歌手谷口江里也翻譯改編，他的用字措詞很有格調，非常帥氣喔。

小潮對那本書讚不絕口。

小潮的家裡是經營書店的，至今已經在市內開了兩間分店，而小潮一家人就住在旗艦店的店面後方，和我就讀的高中相隔三站。

我告訴女友——淡藍色的薄薄文庫本——我要去小潮家住一晚，拜託她留在家裡，她一如往常地鬧起脾氣，說些「劈腿，不可原諒，我要詛咒你」之類的話，我把臉頰輕貼在她散發著淡淡香氣的封面上，安慰說「週日我會整天陪著妳，盡情地翻閱妳」，雖然她有點不滿地用冰冷的稚嫩聲音「唔唔」沉吟，還是勉強答應了。

早上出門之前，她在床上鋪著的蕾絲手帕上依然喃喃說著「如果劈腿就要處以狂舞之刑」。

我離開愛吃醋的可愛女友，放學以後去了小潮的家。

小潮已經換上便服在等我了。

——結哥，歡迎你！請進！

他站在門口，紅著臉興奮地說道。

一年前的秋天，我在小關書店第一次看到小潮，他瘦瘦小小，一雙大眼睛令人印象深刻，我還以為他是女孩子。

後來我每次見到小潮，他都會長高一些，沒過多久就追過我的身高。從可愛得像個女生的國二男孩變成了帥氣的國三男孩。

他在學校裡一定很受女生歡迎。

我的成長期到底什麼時候才會來呢……每次見到小潮，我都不禁要這樣想。

夜長姬說過「結現在的身高剛剛好……如果繼續長高，就會跟書櫃上層的書本劈腿……與其這樣還不如縮水成現在身高的一半」，因此就算我不再長高也無所謂啦。

小潮帶我去到他的房間，立刻向我展示了那本書。

——看，就是這本書！感覺很神聖吧？

那是用亮晶晶的七彩文字印著「神曲」二字，又大又厚的精裝書。這本跟凶器一樣沉重的書本是從學校圖書室借來的？看起來好重啊……

我看過河出文庫出版、分成上中下三冊的《神曲》。

地獄篇。

煉獄篇。

天堂篇。

我看的那些書各有各的性格，地獄篇就像個有點壞心眼、喜歡嚇唬人，其實內心非常善良的老爺爺，我每翻一頁，它就會恐嚇我「小心點，接下來是更可怕的地獄景象喔」，還會用一副了不起的語氣向我說明但丁和維吉爾的背景。

煉獄篇的聲音聽起來像是動不動就反省、經常胃痛的文學青年，老是道歉說「對不起，都是我的錯，對不起」。

天堂篇的聲音輕柔又溫暖，就像在天堂迎接但丁的初戀情人貝緹麗彩。

不過，一臉興奮的小潮手中那本亮晶晶的書本的側面散發出金黃色光輝，充滿莊嚴的美感和力道，有一種神聖的氣氛。

——好美的書啊。

我忍不住讚嘆，一邊想著還好我把夜長姬留在家裡了，如果讓她見到我這樣心蕩神馳地注視著一本書，她鐵定會罰我狂舞之刑。

——就是啊！內容也很棒喔！我下樓泡個茶，你先翻翻看吧。

小潮把沉甸甸的書本遞給我，就去一樓廚房準備茶水了。

我重新打量那本書。封面插畫是河出文庫也有收錄的多雷版畫，一隻巨鳥展開雙翼，尖銳的鳥嘴叼著一個身穿羅馬長袍的人，下面是陡峭的岩山，四周飄浮著團團雲朵，中央有七彩文字印的「神曲」二字。

——真的很漂亮。你好，我叫榎木結。我可以翻你嗎？

我笑咪咪地向它說話，它卻靜悄悄地不回答……難道這本書的自尊心特別高？還是我打招呼的態度太輕浮？我應該更客氣地請求它讓我翻嗎？我正在思索，我手中的書本就發出了威嚴十足的男性聲音。

他說「你能和我說話？」。

——嗯，我也不知道為什麼，我天生就能跟書本說話。

小潮房間的書櫃裡那些和我熟識的書本紛紛開口說「看吧，跟我說的一樣吧」、「結聽得到我們的聲音，還能跟我們說話，他是書本的朋友喔」。

他們都在勸我手中的《神曲》，說「你跟結談一談吧，他一定會幫助你的」。

這厚重莊嚴的書本似乎有什麼煩惱。

於是我親切地對它說：

——如果你需要我為你做什麼事，請儘管開口吧。我是書本的朋友，我一定會盡力幫忙的。

所以等到小潮用托盤端著茶水和點心回到房間時，我已經把它放在腿上，跟它聊起來了。

它語氣凝重地說出一件比我想得更嚴重的事。

天司中學圖書室的年輕女司書出現了人格分裂的情況，她原本人格之外的其他七個人格經常在學校的地下網站寫一些聳動的留言，或是重演她們從前經歷過的事。

其中最強大的人格自稱「但丁」，靈薄獄這個地下網站也是她建立的。

——你的意思是初音公美子老師中毒了嗎？

有些人會因為太過沉溺於書本，心靈深陷書中世界，無法回到現實。

如果只是太著迷硬派小說，和書中偵探抽一樣的香菸，穿一樣的衣服，在酒吧裡模仿偵探的喝酒風格，也沒什麼大不了的，時間久了就會漸漸恢復正常。若是沉溺到模仿書中人物開槍打人就很嚴重了，中毒太深的人說不定真的會做出這種事。

我也親眼見識過這種嚴重的案例。

身為書本的朋友，我必須先說清楚，書本絕對不會故意害人中毒，世上很難看到有人像書本這麼深情，它們對讀者都懷著不求回報的愛。

不過書本確實會影響人的心靈，心靈脆弱或是易受感動的人會比較容易中毒。

書本看到讀者發生這種情況也無能為力，這讓它們非常痛苦。更糟糕的是，如果讀者中毒太深，就連讓他中毒的那本書也會受到影響，漸漸改變個性。

如此發展下去，還會引起其他人中毒，甚至感染到周圍的其他書本，受感染的書本又會使更多人跟著中毒，永無止境地蔓延下去。

——如果初音老師真的中毒了，一定要盡快使她恢復正常，不然就糟糕了。

國中的圖書室有很多書，可能受到影響的學生人數也很多。

小潮從中途加入了我們的對話，他也很認真地陪我們商量該怎麼做。

聽小潮說，初音老師大學畢業後就當了司書，至今上任一年多，個性溫和又穩重，對待學生很誠懇，還會認真考慮適合推薦給學生的書，是一位非常優秀的司書。小潮說，初音老師也推薦過幾本書給他，每本都很好看。

——沒想到建立靈薄獄的人竟然是初音老師。她跟我說話的時候不像是人格分裂的樣子。啊，不過……

小潮似乎想起了什麼事。

——我有一次看到初音老師沒有待在櫃檯，也沒有待在後面的辦公室，而是坐在學生用的座位，面前堆了一大疊書本，死命地翻閱。我問她「怎麼了？」，她回答我「我如果不看書，就會想要吃東西」。

但初音老師很快就清醒過來了。

——哎呀，這些書是怎麼回事？

她說著把那些書放回書櫃。小潮對她說「我也來幫忙吧」，她就像平時一樣柔和地笑著說「謝謝」。

——當時我以為初音老師只是太累了，所以沒有多問。後來也沒有發生過特別奇怪的狀況。啊啊，對了，還有另一件事……

有一次小潮看到圖書室櫃檯沒人，就喊了在辦公室工作的初音老師，卻沒聽到聲音，打開門一看，初音老師正瞪著電腦螢幕敲打鍵盤。

——我叫道「初音老師」，她愕然地轉過頭來，神情似乎有些恍惚。我從沒見過初音老師那麼凶狠的表情，簡直像是變了個人。

調查但丁真實身分的討論串裡有人聲稱但丁躲在圖書室，也是小潮告訴我的。

——但丁的ＩＰ和圖書室電腦的ＩＰ一樣。不過學生上電腦課時使用的公用電腦也是一樣的ＩＰ，所以光靠這點還不能確定……如果初音老師是但丁，或許她當時正在靈薄獄留言吧。

《神曲》那睿智而莊嚴的聲音很肯定地對我說過，初音老師的狀況已經很危險了，必須盡快幫助她。

它還說，我可以在校外見到初音老師，但要見到那七個人格只能在學校裡。

——唔……如果說我是畢業校友回來學校看看，或許可以進到圖書室裡，不過這件事應該不是一兩天就能解決的……

為了想出其他方法，我用 Skype 聯絡了今年剛從高中畢業的學長。

他是超有錢的企業家的兒子，幾乎是無所不能，想要什麼東西都能得到，他本來去了京都一所知名大學，卻又乾脆地休學了，目前正隨興地到處打工。這位學長聽完我說的話，就在豪華大吊燈的背景前面優雅地笑著說：

——既然如此，你要不要去天司中學當學生一陣子？那間學校的理事和我們學校有往來，我可以幫你去說一聲。你在學校裡的缺席時數我也可以處理，你就放心地去吧。

學長的母親就是我們高中的理事長。不過，要我假扮國中生潛入天司中學未免太離譜了。

我再怎麼說也是高二生，就算發育得比較晚，混在國中生裡面一定會顯得格格不入。

雖然我這麼說……

——你一定沒問題啦，我可以保證。

聽到他這樣保證我也不會比較開心。

——我可以去跟已經畢業的學長借制服。結哥要來當我們學校的學生，真是太令人興奮了！

小潮也開心地這麼說。

金光閃閃、有著七彩書名的《神曲》，也用嚴肅的聲音拜託我說「那就這麼辦吧，請盡快來我們學校」。

——嗯，那我就當國中生一陣子吧。

我只能這樣回答。

畢竟我是書本的朋友嘛。

◇　◇　◇

「請住手，初音老師。」

我抓住了用雙手握住剪刀、正要刺進自己右耳的初音老師的手腕，如此說道。

在放學後舉行讀書會時，初音老師的情況一開始就不太對勁。

她原本平靜地朗讀著《神曲》的某個段落，表情卻突然痛苦地扭曲，不久後又恢復正常，繼續朗讀。

初音老師並不知道自己分裂出了好幾個人格。

剛才初音老師一定是突然轉換成另一個人格，但她似乎沒有意識到。

初音老師讀完煉獄篇裡〈嫉妒〉的篇章，參加讀書會的成員各自發表感想時，她又突然露出泫然欲泣的表情。

——不要這麼輕易地下結論……

她如此喃喃自語。

這一定是她的另一個人格在說話。

這個人格必定是代表「嫉妒」的一小路芽衣。

依照《神曲》所說，這七個人格分別具有刻在但丁額頭上七個P字——七種罪惡——的特質，而且每個人格都有自己的名字。

聽完我的分享之後，嫉妒的芽衣突然站起來，衝向借書櫃檯。

攤開擺在桌上、金光閃閃的《神曲》發出警告，圖書室書櫃上的其他書本也同時引發了共鳴，圖書室裡充滿了無數聲音。

散播糾紛種子的人，
樂於製造戰亂的人，
要割裂臉孔，割斷脖子，
砍斷手臂，支離破碎。

這是《神曲》之中描繪地獄景象的一段文字。

挑撥離間、製造不睦的人們一邊被惡鬼割裂身體，一邊在環狀道路奔跑，回來時身體已經復原，接著又被割裂，就這樣不斷地重複。

散播糾紛種子的人。

散播糾紛種子的人。

樂於製造戰亂的人。

圖書室裡迴蕩著制裁的歌聲。

我聽得不禁毛骨悚然，腦袋發昏。

在中毒者的影響下，其他書本也陸續跟著中毒。

在這個情況下，只有桌上那本金光閃閃的《神曲》仍然維持著自我意識，繼續以肅穆的聲音呼喚著。

不要被中毒者拖下去。

要堅定心志，振作起來。

以司書身分回到學校的初音老師出現中毒症狀之後，它一定總是像這樣呼喚著其他書本和來到圖書室的學生，努力地保護大家。

它就像是這間圖書室的守護者。

我此刻依然聽得見它那光芒四射、意志堅定的莊嚴聲音。

在星辰與大氣的悄然看顧下，

寶石藍的海洋和天空，

此時充滿了耀眼的陽光。

它的聲音帶給了我力量，讓我得以甩開席捲腦海的黑暗歌聲，追上初音老師，抓住她正要把剪刀刺進耳朵的手腕。

「初音老師……？不對，我是……一小路芽衣……我要接受嫉妒的懲罰，用鐵絲縫住耳朵和眼皮。放開我。」

初音老師痛苦地扭曲臉孔，不斷掙扎。

小潮和鈴井同學都跑過來了，小潮也幫我拉住初音老師。

我再次叫道：

「一小路芽衣是妳創造出來的七個人格之一！妳是初音公美子老師，是天司中學圖書室的司書，不是國中生！妳在這所學校當學生已經是十年前的事了！」

還維持著芽衣人格的初音老師搖著頭說：

「怎麼會……怎麼會有這種事！我只是個國中生。我聽到別人幸福的對話就會鬱悶難耐，想要破壞他們之間的關係。我也討厭自己這副德行，但是我又停不下來，所以……」

「這只是妳體內的一小路芽衣在『十年前』所做的事，現在的妳是中了書的毒，才又開始重演十年前的行為。」

「中了……書的……毒？」

初音老師不解地喃喃說道。

小潮拿走初音老師手中的剪刀，鈴井同學神情緊張地看著我們。

我離開初音老師的身邊，走到櫃檯裡面，因為我經常聽到初音老師七個人格的聲音從這個地方傳出來。

櫃檯的桌下是儲物櫃，裡面除了文件資料以外，還有一本書。那本書的封面是一隻張開雙翼的巨鳥，嘴上叼著一個穿著羅馬長袍的人。

和金光閃閃的《神曲》一樣的插畫，一樣的封面。

不過這一本是開本較小的平裝書，封面書名「神曲」二字也不是七彩，而是黑色的，書頁邊緣也沒有燙金。

這本布滿了翻閱痕跡、封面和內頁都有些泛黃的書，正用縹緲的聲音吟唱著地獄的歌曲。

由我這裡直通悲慘之城

由我這裡直通無盡之苦

來者啊

快把一切希望揚棄

那本書發出像是從地底攀爬出來的歌聲，我把它拿出來，將封面朝向初音老師。

「這本《神曲》是圖書室收藏的多雷《神曲》精裝版後來再版重新上市的平裝版。老師十年前在圖書室裡遇見了那本金光閃閃的《神曲》，想必深深受到了吸引，在圖書室反覆讀了好幾次，之後又自己去買了比較便宜的平裝版，因為陷入書中世界太深，以致分不清故事和現實。當時還在讀國中的老師就是中了這本書的毒，分裂出符合七種罪惡的七個人格。」

和初音老師互相影響的不是找我幫忙的那本金光閃閃的《神曲》，而是初音老師自己買的、內容相同的平裝版《神曲》。

用七種聲音說話的《神曲》。與之呼應的七個人格。

這事件早在十年前就開始了。

被小潮抓住的初音老師瞪大眼睛，目眥欲裂，我手中那本受中毒者影響而變質的《神曲》唱出詛咒的歌聲，如同黑色暴風逐漸肆虐。

快把一切希望揚棄

快把一切希望揚棄

快把一切希望揚棄

就像病毒傳染一樣，圖書室的其他書本也用陰鬱的歌聲跟著吟唱。

快把希望揚棄

把一切希望揚棄

就像在地獄深處被撕裂身體的人一樣，初音老師發出尖叫。

她大叫著「哇啊啊啊啊啊啊啊」，和那陰鬱的歌聲相互應和，甚至衝破那歌聲，迴蕩在圖書室中。鈴井同學緊緊抱住自己的身體，她一定嚇壞了。

初音老師又變了一副表情。

一小路芽衣轉換成了其他人格。

她橫眉豎目，太陽穴爆出青筋，張開的嘴巴粗重地喘著氣，全身散發出暴怒的氣氛。

「正如你所說，初音公美子把自己犯的所有罪行都推給我們，把我們打入了地獄！」

這個尖銳刺耳的聲音聽起來像女人，那怒氣騰騰的語氣卻像個粗暴的男人。

「你是誰？」

被我這麼一問，剛出現的人格眼中燃燒著復仇的烈火，回答：

「我是憤怒的焰，也是但丁。」

小潮看過初音老師在櫃檯後方的辦公室裡瞪著電腦猛敲鍵盤，那一定就是「他」。我手中的《神曲》受到他的感染，也開始用尖銳的男性聲音嘶喊。

我被自己推進了烏黑的泥沼！

毆打吧！

撕咬吧！

用頭猛撞吧！

把所有人都打入地獄！

「初音公美子這傢伙在天司中學讀一年級時，因秋季的合唱比賽惹得班上同學不高興，大家聯合起來抵制比賽，後來她被全班放逐，連社團都待不下去。公美子淪為放逐者的消息傳了出去，本來跟她很要好的社團朋友也開始疏遠她，這傢伙心靈太脆弱，在班上待得很痛苦。」

憤恨的聲音，烈火般的眼神。憤怒的焰開始敘述。

公美子最早犯下的罪是漠視班上同學的感受，只顧著貪婪地追求自己的榮譽。

「公美子在班上待不下去，下課時間都在學校裡閒晃，最後她找到了圖書室這個棲身之所，在那裡遇到了但丁的《神曲》。偏偏是那本被祖國放逐的男人遊歷地獄的故事！」

金光閃閃的《神曲》在小潮的家裡也說過。

當時那個國一女學生顧慮著周圍人們的目光，縮頭縮腦、戰戰兢兢地徘徊在圖書室的走道上，就像在黑暗的森林裡迷了路、畏懼著狼和獅子的但丁。

不安、痛苦、寂寞，像是已經對一切絕望的那個女孩看見了它，輕輕地倒吸了一口氣。

她有些膽怯地、小心翼翼地伸手去拿，但纖細的手腕撐不住它的重量，急忙用胸口頂住書本，她注視著它的封面，驚訝地睜大眼睛。

它一直記得那個國中女生當時心臟撲通狂跳的聲音。

「公美子很怕那本書，每次翻頁都緊張不已，好幾次嚇得心臟差點停止，或是肩膀猛然顫抖。不過，那恐怖的情節或許就像毒品一樣，雖然她閱讀的時候毛骨悚然，怕得幾乎要哭出來，但又忍不住一直讀下去。就像這樣，她一再來到圖書室，一再看同一本書，就連在家裡也想看，所以自己去買了平裝書。」

焰的語氣像是在調侃初音老師國中時代的行為。

像是很看不起她。

我手中那本泛黃的《神曲》也空虛地笑著。

「後來公美子還是繼續跑圖書室，因為沒有其他地方能讓她獨自打發下課時間。她開始挑艱澀的書本來看，試圖說服自己是因為水準高過班上同學，才會被他們放逐。」

初音老師會用這種方式來撫平孤單一人的寂寞和悲慘，也是無可厚非的。對國中生來說，被全班漠視是多麼痛苦的事，我光是想像就覺得心痛。

可是焰卻揚起嘴角，像是在嘲笑她。

「那陣子圖書室裡有一位和公美子同年級的女生，公美子漸漸注意到總是坐在相同座位的那個女生，她本來以為對方和自己一樣遭到放逐，得知對方成天都待在圖書室之後，她就莫名地覺得自己比對方優越。」

我之前遇見的驕傲的根岸冴哭著說過她看不起鈴井同學，覺得自己不像對方那麼悲慘。

因此她對鈴井同學說了很過分的話。

十年前的初音老師也對那個不進教室的女生做過相同的事。

「公美子主動跟那個絕不可能反擊、非常軟弱的女生說話，不斷地打擊她，像是『妳再這樣下去永遠都不會進步』、『不要把我想得跟妳一樣』，結果那個女生連圖書室也不敢來了，每天都把自己關在家裡。」

鈴井同學抱著自己身體的手指抓得更用力，眼簾低垂。

焰一邊笑著，眼神卻越來越氣憤，就像無法原諒初音老師把自己犯的罪推給了其他人格，忘了這一切。

「公美子為此相當內疚，開始狂吃零食和巧克力，待在家裡時都一直吃個不停。食物一把一把地塞進嘴裡，咀嚼吞嚥，結果變得越來越胖，所以她不敢再把食物吞下去，全都吐了出來。」

吃了就會變胖。

但又很想吃。

抑制不了食慾。

這無止境的慾望深深折磨著初音老師，無論在家裡或是在學校，她都不斷地吃了就吐，吃了就吐，吃了就吐。

「暴食症變成厭食症是常有的事。就在那時候有個語氣做作的男老師主動跟她說『有什麼煩惱可以找我商量』。那男人明明有個不到三十歲的妻子，公美子卻被他迷得暈頭轉向，不知道對方只是跟她逢場作戲，還以為自己跟對方是真心相愛，最後她被那男人甩了，就在家裡的浴室割腕了。」

圖書室裡的老舊外國文學全集跟我說過，初音老師親眼看到跟她搞婚外情的老師和其他女學生躲在圖書室的書櫃後接吻。

它們很氣憤地說，那個不檢點的老師所做的壞事都沒被揭穿，就跑到其他學校教書了，但他遲早會受到懲罰的。

還好發現得早，而且傷口也不深，因此初音老師沒過多久就能上學了，但她的心裡變得空蕩蕩的，對一切都不抱期待了。

「趁著升上國二、更換班級的機會，公美子開始當個異教徒。她追隨一個很有領袖魅力的女生，極力避免出鋒頭，盡量少說話，每天過得非常無趣。因為壓力越積越多，於是她開始搞破壞，只要看到有人過得幸福，她就會散播那人的壞話，在地下網站留言，破壞人家的幸福。但是她越搞破壞就越討厭自己，最後變得憎恨自己，所以她分裂出好幾個人格，把那些人格全都打入地獄。我就是在那時覺醒的，我是從那六個背負了公美子罪孽的人格的怒火之中誕生的！我擁有的只有憤怒，全身彷彿一直被地獄的火焰焚燒！我的憤怒一刻都不曾消失！讓我受到這麼多折磨的世界，創造了我的那六個人格，還有分裂出那六個人格的初音公美子，最好全都墮入地獄最底層的悲嘆之河，永無止境地受苦！」

彷彿是在呼應焰的憤怒，我手中的《神曲》和跟著唱和的圖書室書本們的聲音也逐漸變得高亢、尖銳而冰冷。我好像看到冰柱發出劈啪聲、從地面冒向天際的畫面，簡直就像被永不融化的冰層封閉的地獄最底層出現在眼前！

「我不知道……我什麼都不知道……」

發出這悲痛聲音的是初音老師。

她直到現在才發現自己創造了七個人格。

國中時代的初音老師在圖書室遇見那本金光閃閃的《神曲》，迷上了它的美麗和恐怖，買了相同內容的平裝書之後，她就中了書的毒，把但丁投射在自己身上。

她藉著這種方式來撫平受人排擠的寂寞。

光是這樣也沒什麼大不了的，但初音老師是個上進又敏感的女孩。

每當她感到痛苦絕望時，中毒的症狀就會加強，又創造出新的人格。

她在合唱比賽遭到抵制、被班上同學放逐時，創造出了貪婪的瀧本鳥乃。

傷害了不敢進教室的女孩時，創造出了驕傲的根岸冴。

因暴食症和厭食症而深受折磨時，創造出了暴食的手塚水鞠。

和老師搞婚外情又自殺未遂時，創造出了色慾的吳林沙沙子。

封閉心靈、選擇當個異教徒以求自保時，創造出了懶惰的片山千遙。
瘋狂地四處破壞別人幸福時，創造出了嫉妒的一小路芽衣。
初音老師把自己視為罪惡的事情推到她們身上，藉此忘掉自己的罪。
金光閃閃的《神曲》告訴我，到了初音老師國三的時候，為了承擔痛苦、接受懲罰而誕生的六個人格對初音老師的憤怒，又誕生出了第七個人格——焰。
它在十年前就聽到了那六個人格的傷痛，以及不是故意害初音老師創造出那六個人格的另一本《神曲》的哀傷嘆息。
求妳快點恢復正常。
別再創造出悲哀的但丁了。
少女時代的初音老師片刻不離身的《神曲》，就像但丁深愛的貝緹麗彩一樣，非常擔心它的主人。
或許是它的祈禱得到了應允，初音老師後來專心準備考試，不再反覆閱讀《神曲》，跟班上同學的關係至少可以維持表面上的和平，那七個人格都沒再出現過。
隨著初音老師升上高中、考上大學，那七個人格自然而然地被她封印在心底，引起她中毒的那本平裝版《神曲》也被遺忘在房間的某個角落了。

十年以後，初音老師回到國中時代的母校擔任圖書室司書，被封印的七個人格才又甦醒過來。

初音老師遇見那些來到圖書室的國中生，親切地和她們聊天，陪她們商量心事，不知不覺地把早就遺忘的自己投射到她們身上。

憤怒的焰是最先甦醒的，他建立了天司中學地下網站——靈薄獄，經常在那裡留言，接著嫉妒的一小路芽衣和其他人格也陸續甦醒了。

金光閃閃的《神曲》語氣嚴肅地說，這七個人格被喚醒的最大因素，就是不敢進教室、一直待在圖書室的女學生——鈴井清良。

初音老師在國中時代因為驕傲而傷害了一位待在圖書室的女學生，雖然她把這個罪行推給其他人格，內心深處依然受到罪惡感的苛責，而鈴井同學的存在更加刺激這份罪惡感。

結果初音老師再次中毒，如同七位但丁的七個人格睽違十年再度醒來，他們依然為過去的罪惡而受苦，也依然痛恨著把自己打入地獄的初音老師。

就連擔心主人的《神曲》也跟著分裂出七個人格。

「不是的！我什麼都不知道！別說了！別再跟我說話了！」

初音老師縮著身子叫道。

我手中的《神曲》發出野獸般的低嗚，初音老師目露凶光，轉換成憤怒的焰。

「是妳把我們打入了地獄！驕傲、嫉妒、憤怒、懶惰、貪婪、暴食、色慾，這些明明都是妳犯的罪，妳卻全部推給我們，自己扮演著清白無辜的貝緹麗彩！」

「別說了，我真的什麼都不知道！」

初音老師如此聲稱，其他人格卻一個接一個地指責她。

「是妳讓我背負了驕傲的罪名，明明是妳害那個女生不敢再來圖書室的！」

「無可救藥地嫉妒別人的明明是妳！妳卻把自己想做又做不出來的事丟給我！」

「異教徒的空虛和痛苦都是妳的心情，為什麼我得在堆滿屎尿的溝壕裡掙扎？」

「我明明不想吃東西，但妳卻把我創造出來、讓我承受暴食之罪，逼得我不得不吃！」

「跟老師搞婚外情、被拋棄而自殺未遂的都是妳，妳怎麼能忘了這些事，自己跑去當貝緹麗彩？」

貝緹麗彩是但丁難以忘懷的初戀情人，她全身包覆著白光在天堂迎接但丁，是聖潔的象徵。初音老師的七個人格不斷激烈指責她，說她把犯下的罪推給其他人格，自己卻忘了一切，扮演著聖潔的貝緹麗彩。

我手中的《神曲》在過去就像貝緹麗彩一樣關懷那位讀了自己的少女，如今卻不斷用各種語氣和聲音說出詛咒的話語。

「我不知道，我什麼都不知道！那些都不是我做的事，你們都不是我！」

初音老師每次哭叫，我手中的《神曲》就冒出更洶湧的怒氣，彷彿一本書分成了七本，七個聲音混在一起，形成了沒有意義的吼叫，迴蕩在房間之中。聲音漸漸擴大，圖書室裡的其他書本也跟著唱和，久久都無法停歇。

其中傳出一個細微的聲音。

難受到臉色蒼白、閉著眼睛、摀著耳朵、深深低著頭的鈴井同學，像是在安撫自己似地喃喃說道：

「……最重要的是……要去認識。跨越你的理智……只用眼睛去看……」

這是維吉爾對但丁說過的話。

最重要的是要**去認識**。

跨越你的理智，只用眼睛**去看**。

金光閃閃的《神曲》在這陣漆黑的、滿是憎恨的風暴之中仍然沒有失去光輝，繼續唱出威嚴十足的歌聲。

旅人啊，煉淨罪惡吧。

犯下的罪越重，煉淨的苦刑也更重。

旅人啊，承受罪惡吧，煉淨罪惡吧。

即使初音老師體內的七個人格日漸強大，引起她中毒的書本也分裂出七個人格，其他的書本都紛紛受到影響，唯有它依然守護著圖書室。

每天勤勉閱讀這本《神曲》的鈴井同學接收到了它的這份心意，而鈴井同學細微的聲音也帶給了它力量。

如實地**去看**，**去認識**……

承受罪惡吧，煉淨罪惡吧。

一直否認自己這七種罪惡的初音老師聽不見它的聲音，聽得到書本聲音的我一定要幫它傳達出去！

「初音老師，請妳仔細聽！如果妳繼續否認從妳的罪惡中誕生的這些人格，他們就會繼續在地獄裡受苦！對妳的憎恨也只會有增無減！現在妳該做的是接受這七位但丁！」

初音老師渾身顫抖，哭著說道：

「不行，這種事……我辦不到！」

憤怒的焰挑起眉梢大吼：

「就是啊！這傢伙就是不想承受痛苦才讓我們背負她的罪，她怎麼可能接受我們！」

我用力抱緊懷裡那本發出哀傷吼叫的《神曲》，大聲回答：

「老師可以做到！但是你們七人也得原諒老師！」

憤怒的焰和我懷裡的《神曲》同時大吼：

「原諒她？開什麼玩笑！我怎麼可能原諒把我打入地獄的人！」

「怎麼不行？你們七人之中已經有五個人原諒老師了！」

焰吼道「你說什麼！」，接著臉上短暫出現了初音老師的困惑表情，接著又恢復成焰。

我對嚷嚷著「我才不相信」的焰說道：

「也請老師不要封閉心靈，仔細聽著。我第一次跟初音老師在圖書室裡相遇，是因為有著七彩書名、書頁燙金的那本《神曲》，拜託我假扮天司中學的學生來到圖書室。」

「我看到的初音老師原本是個溫柔體貼的人，但老師看見我帶來的精裝版《神曲》，因此和櫃檯下的《神曲》相互呼應，在我和鈴井同學面前變成了暴食的手塚水鞠。」

鈴井同學戰戰兢兢地放開了摀著耳朵的手，注視著我，像是正在極力對抗恐懼。

那一天，初音老師突然快步走到書櫃旁，把一大堆書本搬到桌上時，鈴井同學想必很驚訝、很慌張，因為她看見初音老師彷彿變成了她不認識的人。

我知道那個拚命翻書的人就是燙金的《神曲》說的初音老師的其中一個人格——暴食的手塚水鞠，於是我主動找她說話，把我隨身攜帶的巧克力棒拿給她。

「手塚同學說有人在靈薄獄留言攻擊她，不過她誤會了，留言的那個女生也深受厭食症折磨，吃了東西就會吐出來。手塚同學……不，是初音老師把巧克力棒拿給那個女生，哭著跟她說『吃吧，我也會一起吃的』。」

那個有厭食症的女生姓路村。

路村同學看到圖書室老師一臉認真地遞出巧克力棒、叫她一起吃的時候，一定很驚訝吧。

「路村同學受到老師的鼓勵之後漸漸可以正常進食了，她說這都是多虧了初音老師。」

得救的人不只是路村同學，在暴食的地獄受苦的手塚同學吃下和路村同學平分的巧克力棒時，也露出了滿足的表情。

「之後我遇見了名叫吳林沙沙子的女學生，她正在找尋跟她搞婚外情的老師夾在書裡的紙條。」

變成吳林同學的初音老師翻遍每一本書都找不到寫給她的紙條，這是當然的，因為初音老師跟國中男老師搞婚外情已經是十年前的事了。

不幸的是，每個時代都有這種道德淪喪的老師，靈薄獄上謠傳和諸多女學生交往的失德教師是桐島老師。圖書室的書本告訴我，他也經常在圖書室的書裡夾紙條。

書本說，最好可以狠狠教訓他一頓。

所以我向書本打聽出跟桐島老師交往的所有女學生，把她們全都叫到圖書室。

「初音老師毫不留情地痛罵了桐島老師，那些女學生們都一臉崇拜地看著初音老師。吳林同學一定也覺得很痛快吧。」

後來之所以會傳出初音老師和桐島老師在一起的流言，就是因為初音老師當時痛罵了桐島老師。

「根岸冴這個女學生對鈴井同學說了很過分的話，但她後來非常後悔，又跑回來圖書室。」

這時鈴井同學開口了。

「初音老師……」

她才剛開口就說不下去了，但又哭喪著臉注視著初音老師，語氣裡充滿「我現在非說不可」的決心，繼續說道：

「老、老師那時向我道歉說『對不起』，我說『有機會的話再一起聊聊書吧』，老師就哭著點頭回答『嗯』。我……我真的很開心，很想跟初音老師多聊一些跟書本有關的事。直到現在……我也是這麼想的。」

看見初音老師變得像另一個人，鈴井同學起初非常慌亂，沒辦法以平常心對待。

——妳、妳……是誰？

鈴井同學顫抖地這麼問道。每次初音老師的其他人格大聲說話，她都會嚇得全身僵硬。

第一次見到暴食的手塚水鞠之後，我把事情都告訴了鈴井同學，請她不要對初音老師提起今天的事，還叮嚀她說今後她還會見到老師的其他六個人格，叫她不用勉強自己去理解發生在眼前的事，只要默默看著就好了。

聽到我這麼說，鈴井同學還是很困惑，一句話都沒有回答。

如今鈴井同學雖然聲音小到快要聽不見，但她堅定地向初音老師表達了自己的想法。

看到這一幕，令我非常感動。

鈴井同學的聲音一定能傳進初音老師的心中。

初音老師的眼中盈滿淚水，眉梢下垂。

充斥在圖書室裡的冰冷歌聲也漸漸失去力氣，越來越小聲。

我繼續說道：

「被全班同學抵制合唱比賽的女學生叫瀧本鳥乃，她想要當個好班長，帶領班上同學前進，結果卻遭到同學排斥，還有人在靈薄獄上號召大家抵制合唱比賽，她很生氣地坐在電腦桌前看著同學寫下那些留言。」

當時坐在電腦桌前的初音老師既是瀧本同學，又是但丁。她看到自己寫的那些攻擊自己的留言就氣得全身發抖，隨即又寫下自己的壞話。

瀧本同學回到教室以後看到男學生們把樂譜當成排球玩耍，他們當然不是瀧本同學……不是初音老師的同學，但瀧本同學卻生氣地斥責了他們。

以那些男學生的角度來看，大概只會覺得圖書室老師路過時發現他們偷懶不練習合唱，就跑過去教訓他們。

看見平時總是笑咪咪坐在圖書室櫃檯的溫柔老師突然凶巴巴地罵人，他們一定都嚇到了。

合唱比賽當天，初音老師睡過頭，到教室卻發現空無一人，那是因為學生早就去了舉辦比賽的體育館，根本沒有任何班級抵制合唱比賽。

不過，十年前確實發生過抵制合唱比賽的事。

那是徹底改變了一位開朗進取、對未來充滿野心的國一女生校園生活的可悲事件。

所有事情都是從那裡開始的。

背負著貪婪之罪的瀧本鳥乃依然停留在那個時刻，一次次地體驗那種幾乎令她趴倒在地的絕望。

在空蕩蕩的教室裡，她對著沒有人的空間喃喃說著：

——對不起，老師……

她空虛的眼中大概看見了那位責備她「為什麼不早點通知我」的老師吧。

我和抱著燙金《神曲》的鈴井同學，在走廊上屏息注視著這一幕。

為了幫助貪婪的瀧本鳥乃爬出因合唱比賽遭到抵制而絕望的無邊地獄。

看見初音老師神情恍惚地站起來，腳步蹣跚地走出教室，我們兩人就悄悄地跟在後面。

她要去的地方是體育館。

合唱比賽已經結束，體育館裡已經沒有人了。

初音老師走上樓梯，抱膝坐在舞臺正中央，深深低下頭。

雖然初音老師是成年人，是經常陪學生商量心事的可靠司書老師，但她縮著身子顫抖的模樣看起來就像個無助的國中女生。

鈴井同學緊緊抱著燙金的《神曲》，一副快要哭出來的樣子，站在她身邊的我也感到心痛難耐。

十年前的初音老師或許也像現在一樣，獨自坐在空蕩蕩的體育館裡哭泣。

既然如此，我們就來把希望展示給十年前的初音老師，還有如今在我們眼前墜入絕望深淵的瀧本同學吧。

我向鈴井同學使了一個眼色，她神情緊張地點點頭。

於是我們開始合唱。

鈴井同學抱在懷中的《神曲》，和我用雙手捧著的淡藍色封面薄薄文庫本也一起唱。

鈴井同學唱女高音，夜長姬唱女中音，我唱女低音，燙金的《神曲》唱男低音。

起初鈴井同學的聲音很小，但是像小溪流水一樣清澈透明，夜長姬不想輸給鈴井同學而努力唱歌的模樣也非常可愛，讓我心動不已。

最精采的是鈴井同學懷中《神曲》的渾厚歌聲，它的聲音低沉卻不混濁，響徹整座體育館，彷彿連聲音也閃耀著金光。

如同在教堂裡聆聽管風琴演奏的讚美詩一樣，它的歌聲既莊嚴又神聖，無限地擴展出去。

我的音準唱得不太準，但我還是不以為意地唱下去。

〈青春的翅膀〉的旋律充滿奮勇的氣魄，凜然颯爽，是一首非常好的歌。

瀧本同學抬起埋在膝間的臉，訝異地看著臺下的我們，她的耳朵想必只能聽到我和鈴井同學的歌聲，其實我們是男女四部合唱。

妳也一起來參加合唱吧！

我注視著瀧本同學的眼睛笑著點頭，於是她站起來，像鳥兒翱翔天空一樣舉起雙手，開始揮舞。

我們配合著瀧本同學的指揮繼續歌唱。

因為沒有事先練習過，我們唱得並不好，也不可能贏得比賽，但我們還是賣力地高歌，在我身邊紅著臉唱歌的鈴井同學眼中也浮現了閃亮的光芒。

在臺上指揮的瀧本同學揮舞手臂的動作越來越大，脖子挺直，眼神逐漸恢復了生命力。

「瀧本同學在體育館指揮的時候，眼中一定看見了鳥兒們伸展翅膀、越過暴風巨浪飛向未來的英勇模樣。她的表情非常開朗，生氣盎然。」

我說完以後，鈴井同學再次鼓起勇氣，開口說：

「能在合唱比賽唱歌……我也非常開心。」

初音老師眼中噙著淚水、垂著眉梢聽我說話，似乎沒有注意到原本抓著她的小潮已經把手鬆開了。她臉上掛著像國中生的天真表情，專心聆聽，偶爾眨眨眼睛、顫抖嘴脣。

「片山千遙這位女學生也很勇敢。她說自己是個異教徒，看到朋友準備做危險的事，她本來不打算阻止，因為阻止也沒用。可是她的朋友離開圖書室後，她在學校裡到處找尋朋友，極力勸告對方打消念頭。」

英研社的二年級成員在我們後面那一桌商量政變計畫時，初音老師正站在附近的書櫃旁。

那群女生的領袖高露華江一定很像初音老師抹殺自己的心、過著平淡國中生活的那段時期追隨的女同學。

初音老師看著那個女生，眼神就漸漸變得冷漠，變成了懶惰的片山千遙。

片山同學帶著一副放棄思考的表情聽著高露同學發表議論。

高露同學發現我們在聽她說話，生氣地跑過來質問，被我反駁之後就尷尬地帶著眾人離開了圖書室。

初音老師也跟著她們一起走出去，過了一陣子又回來了，但她卻悄悄地觀察著我。

初音老師回來了。

她一直看著你。

聽到書本這麼說，我就轉過頭去，向初音老師……不，向片山同學招手，和她說話。

當時她說，就算去勸告華江也沒用，什麼都不做才是最安全的。但她離開圖書室之後，我和鈴井同學跟在後面，看見她起初表情很冷靜，腳步卻逐漸加快。片山同學口中喃喃說著「快點、快點」，腳步快到我們幾乎跟不上。我看到鈴井同學已經快喘不過氣了，就笑著說：

——我們回圖書室吧。她一定沒問題的。

如我所說，我們在圖書室裡讀著燙金的《神曲》時，片山同學和高露同學一起回來了，兩人坐在我們斜前方的座位，感情融洽地說著悄悄話。

高露同學信任地看著初音老師，滿臉通紅，像是在拜託她什麼。

附近書櫃上的書本後來偷偷告訴我，當時高露同學聽到初音老師的責備之後很感動，而且很不好意思地小聲拜託初音老師今後繼續陪她商量事情。

片山同學聽了就開朗地回答：

——好的，我會小聲地、悄悄地陪妳商量，免得給別人添麻煩。

燙金的《神曲》也和我說了初音老師以及她朋友的事。和我猜的一樣，她那位朋友和高露同學很像，是個好強又搶眼的領導人物。初音老師其實不想只是表面上跟她交好，而是真心想跟她成為好朋友，但卻做不到。

很巧合的是，那位朋友名叫「楓」，所以初音老師都叫她「kae」。（註2）楓在社團裡不曾發起抗爭，不過就像根岸冴很注意鈴井同學一樣，片山千遙或許也是一直都很注意高露同學，所以才會那麼了解英研社，她為高露同學所做的事，一定也是初音老師想為朋友做的事。

註2　楓念作Kaede，「華江」的發音為「kae」。

「那時初音老師主動走出去，對高露同學說出自己真實的想法，高露同學非常感動地說從來沒人跟她說過這些話，還拜託初音老師以後要繼續陪她商量。」

初音老師或許想起了自己在這一週所做的事，她的眉梢垂得更低，一滴淚水從臉頰滑落。

不久前還充斥著書本們嘈雜歌聲的圖書室已經靜下來了，我手中的平裝版《神曲》也沉默不語，彷彿沉浸在自己的思緒中。

「暴食的手塚水鞠、色慾的吳林沙沙子、驕傲的根岸冴、貪婪的瀧本鳥乃、懶惰的片山千遙這五人已經脫離了地獄，也不再憎恨初音老師了。如果老師再聽見她們的怨言，那一定是老師自己想像出來的，只要老師誠懇地面對她們，一定會明白她們五人都已經原諒老師了。」

手塚同學、吳林同學、根岸同學、瀧本同學、片山同學，每人都露出祥和的表情。

「嫉妒的一小路同學也意識到了自己的問題，正在試圖走出困境。就算以為只有自己在地獄最底層受苦，只要下定決心脫離地獄，並且拿出實際行動，那人就已經不在地獄，而是在煉獄了。」

燙金的《神曲》唱著「煉淨罪惡吧」。

圖書室書櫃上的書本也唱出澄澈的歌聲。

旅人啊，煉淨罪惡吧。

旅人啊，承受罪惡吧，煉淨罪惡吧。

我手中的《神曲》開始瘋狂地嚎叫，像是被這一切引起了反彈。

初音老師挑起眉梢，鈴井同學渾身一顫，小潮眼看又要衝過去抓住老師。

「小潮，等一下。」

聽到我的制止，小潮停止了動作。

初音老師的臉頰因怒氣而逐漸紅起來，憤怒的焰露出怒氣騰騰的凶惡表情大喊：

「我怎麼可能原諒她！你知道她讓我們受了多少折磨嗎！我被丟進斯提克斯沼澤，那些渾身汙泥的赤裸罪人憤怒地扭曲臉孔，見人就打，用牙齒撕咬，用頭猛撞，把彼此按進泥水中。無論我怎麼反抗，前後左右都有沾滿汙泥的拳頭揮過來，我只能不斷挨揍，脖子、肩膀、大腿都被撕咬得血肉模糊！」

我也想起了那幅描繪悽慘地獄沼澤的插畫。

罪人們的身上包覆著黏稠的泥濘，在無法自由行動的地方永無止境地鬥毆。站在岸邊的但丁害怕地攀住維吉爾。

憤怒到失去理智的人們的無盡地獄……

「我不會原諒她的！絕對不原諒！我要讓世上所有人都和我一樣嘗嘗地獄的滋味！」

我手中的《神曲》也不斷發出悲痛的咆哮。

絕不原諒。

絕不原諒。

「可是，只要你繼續打人，別人也會打你，就這樣沒完沒了地一直打下去。你現在已經生氣到失去理智了，仔細想想，如果全世界的人都墮入斯提克斯沼澤，毆打你的人也會變多喔！」

焰聽得呆住了，一時之間不知該怎麼回答。

「這、這個……可是如果我不打人，那就只有我一個人在挨打，那不是很吃虧嗎！難道你是要我乖乖挨打嗎？你是這個意思嗎？」

我斷然否定。

「不是的，我不是叫你一個人住手，而是要所有人都住手。」

「你說所有人？」

「是的，我希望所有人都一起住手，這樣你和其他人都不用再打人，也不會再挨打，可以和平地相處下去，那裡也不再是地獄了！」

焰的表情比剛才更愕然，大吼道：

「怎麼可能會有這種事！」

我笑了。

焰驚訝地倒吸一口氣。

「當然有可能。先從少數人開始試試看吧。你和其他六人，還有初音老師，一起原諒彼此吧。」

初音老師的臉上浮現困惑和猶豫，那表情像是出自焰，又像是出自老師自己，同時也像是出自一小路同學、手塚同學、吳林同學、根岸同學、瀧本同學，以及片山同學。

表情瞬息萬變、令人眼花撩亂的初音老師口中傳出一個聲音。

「我願意原諒。我已經不覺得飢餓了。」

那是暴食的手塚同學。

又有另一個聲音說：

「我也願意原諒。我已經不留戀那個外遇老師了。」

色慾的吳林同學語氣明亮地說道。

接著是……

「我可以原諒自己，因為被我傷害的那個女生也原諒了我。」

驕傲的根岸同學充滿了感激。

「我也要原諒自己的重大失敗，繼續向前邁進。我會原諒自己的。」

貪婪的瀧本同學毅然決然地說道。

「我也願意原諒，我沒有捨棄朋友，而是勇敢地幫助了她，還和她互相諒解。我不再是異教徒了。」

懶惰的片山同學開心到聲音都在顫抖。

連嫉妒的一小路同學也開口說：

「我也是！我也要原諒！我不想再因嫉妒別人而痛苦了！我想要原諒，我希望我們所有人都能脫離地獄！這麼一來我就不會再嫉妒別人，心中也不會再刺痛了！我願意，我願意，我願意原諒！」

她把雙手在胸前緊緊交握，哭著說道。

焰聽了也開始動搖了。

「我……」

他的語氣不再像先前那麼氣憤，看見只有自己不停叫著「絕不原諒」似乎讓他很迷惘。

我溫柔地說道：

「你不需要再攻擊別人了。你至今一定受了很多苦吧，但你現在所在的地方並不是地獄，而是煉獄。」

焰訝異地睜大眼睛，接著眼睛又瞇起來，漸漸變得溼潤。

我手中那本被翻得破破爛爛的泛黃《神曲》發出輕柔的細語。

好悲傷。隨時，隨地，

即使在太陽底下，

即使在溫柔的大氣之下，

寂寥和悲傷，仍不斷從心底上湧。

是啊，你和他一定都很悲傷、很難過吧。

所以請你們釋放自己吧。

焰軟弱地張口說：

「……我……我願意……」

他用非常細微的聲音說出了「原諒你們……」。

我手中的《神曲》和攤開放在桌上的金色《神曲》開始和諧地歌唱。

刻在但丁額頭上七個P字的最後一個P慢慢消失了。

圖書室的書本們都一起唱著：

既美麗又寧靜，罪惡的憤怒已消散，在那之後……

初音老師像祈禱似地跪在地上，低下頭去。

她肩膀顫抖，幾滴晶瑩剔透的水珠落在地上。

「好啦，七位但丁都原諒初音老師了，接下來輪到老師接受自己的七種罪惡，原諒他們。」

小潮和鈴井同學都用專注的眼神注視著她。

桌上那本拜託我幫助初音老師、金碧輝煌的《神曲》，和我手中的另一本神曲一定也在深切地祈求著。

希望初音老師能拯救自己。

初音老師低著頭，啞聲說道：

「我真的……可以原諒嗎……？」

她的聲音斷斷續續，聽起來很害怕，很不安……

「我真的可以原諒自己嗎……？待在圖書室的那個女生受到我的打擊之後就不再上學了……我還在學校的地下網站寫了那麼多難聽的留言……我還害很多人鬧翻了……我真的可以原諒做了這麼多壞事的自己嗎……？這樣的我值得原諒嗎……？」

她的喃喃低語之中帶著悲痛的語氣，像是在說自己不可能被原諒，她也沒辦法原諒自己。

「我對那個女生說了很過分的話……我毀了她的一生……雖然鈴井同學原諒了我……可是那個女生……還有其他人……一定不會……」

我說：「是啊，或許他們不會原諒妳。人只能活在當下，不可能回到過去彌補錯誤。」

初音老師倒抽一口氣，抬頭看著我，小潮和鈴井同學也露出驚訝的表情。

代替老師受苦的七人已經原諒了老師，所以老師也可以原諒自己——要說出這種話很簡單。

可是，老師一定聽不進去。

因為初音老師現在才意識到自己的罪，她的煉獄現在才剛開始。

「老師傷害了圖書室裡的那個女生，還犯了很多其他的罪，雖然老師忘了過去的那些事，但老師長大成人以後親切地對待來訪圖書室的所有學生，大家都說妳是個好老師。除此之外，也是因為老師去說服校方，鈴井同學才可以待在圖書室裡，不用進教室。」

──如果能待在安靜的圖書室，應該會讓鈴井同學比較安心。就算不能進教室上課，只要她能繼續上學，或許就能漸漸習慣學校，有朝一日也能跟大家一起在教室上課。在那之前，我會負責指導鈴井同學的。

鈴井同學跟我說過，老師向校方這樣說過。

此時鈴井同學自己開口說道：

「初、初音老師……常常鼓勵我，對我非常好。因為有初音老師陪著，我才能安心地待在圖書室裡學習。初音老師是給了我棲身之所的……大恩人。」

小潮也流露誠懇的眼神說道：

「初音老師推薦給我的書每一本都很好看，非常符合我當下的心情，看得出來老師一直很關心學生，讓我非常感動。我們班上的同學也說過，去找老師商量煩惱，老師都會認真傾聽，他們都很高興喔。」

不只是鈴井同學和小潮極力鼓勵老師。

圖書室的書本們也在為老師加油。

他們說老師工作很認真，還打造了推薦書區，讓學生更有興趣閱讀，她甚至還會在 Line 上分享書籍介紹。

看到學生神情落寞，她會若無其事地主動找學生聊天，推薦能讓人心情變好的讀物，要求學生看完之後告訴她心得。

她很細心地照顧來到圖書室的學生，每個人在這裡都能感到安心又愉快。

老師說自己從學生時代就很喜歡看書，身邊圍繞著書本就會讓她覺得受到保護，非常安心，書本帶給了她很多鼓勵和知識，所以她希望一直和書本為伴，也選擇了和書相關的職業。

——如果大家看了我推薦的書，還回來跟我分享心得，我就會非常開心，忍不住又想告訴他們「還有很多好看的書喔」。

我聽著書櫃傳來的那些聲音，轉向初音老師，語氣柔和：

「這裡的所有書本都說妳是個好老師。雖然過去的事不能改變，妳傷害過的人或許不會原諒妳，但還是有很多人像鈴井同學一樣得到了妳的幫助，現在的妳已經成為被大家評為好老師的成年人了，就算妳不能原諒以前的自己，請妳還是要認同現在的自己，並且容許自己帶著罪的記憶繼續往前走，這樣才能真正地贖罪。」

此時初音老師正站在煉獄的入口。

她該原諒的是犯罪的自己。承認了這一點，煉獄的大門才會開啟。

初音老師眼中含淚，肩膀劇烈地顫抖。

她注視著我，一再地哽咽，說道：

「我原諒……對不起，我原諒你們……讓你們背負了我的罪，對不起，對不起，對不起！你們不再是罪人了。我原諒你們！我犯下的罪，我今後會自己去彌補的……！」

初音老師說出這些話的時候，我手中的《神曲》傳出七個聲音，如歌一樣柔和的聲音，那些聲音說著「謝謝……」。

那聲音漸漸消融在充滿圖書室的眩目合唱之中。

啊啊，書本們都唱著祝福之歌。

我彷彿看見了插畫集裡天使成群地在空中唱歌舞蹈的情景。閃亮亮的天使們在耀眼的天空勾勒出光的文字，首先是I，接著是L。

我們如今正處在這一片光輝燦爛之中。

初音老師低著頭哭泣，我把平裝本《神曲》交給她，她就把書緊緊抱在懷中，又喃喃說了一句「對不起」。

老師一定不會再忘記代替她受苦的那七人。

她會接納那些記憶，以及那些悲傷、心酸和痛苦，繼續走出自己的路。

她會繼續向來訪圖書室的學生們介紹書本、聆聽他們的心事、笑著說「我也遇過類似的情況，不會有事的，連我都平安地長大了」，鼓勵他們「你們一定也會朝未來前進」。

在桌上唱出莊嚴歌聲的金色《神曲》曾經跟我說過。

來到中學圖書室的那些學生不像小學生那麼天真，也不像高中生那麼聰明，連自己的價值觀都還沒定型。

他們的心很不穩定，無論是好事或壞事都吸收得很快。

他們很容易受到故事和文字語言的影響，是最容易中毒的年紀。

尤其是本來就喜歡看書的孩子，因為他們比其他孩子更懂得如何讓自己投入書中的世界及角色的心情。

可是，這並不完全是壞事。

他們用善感的心體驗了各種事情，成長的速度也比別人更快。

他們每天都在持續地變化。

《神曲》那渾厚莊嚴的聲線充滿感情地說，這正是圖書室有趣的地方。

看著從眼前經過的學生們逐漸長高，過大的制服漸漸變得合身，聲音也開始改變，男孩子越來越英姿煥發，女孩子越來越美麗動人，看著他們成長是很愉快的事。

躲在書櫃後面低聲哭泣的女學生，下次來到圖書室是和朋友一起笑著。

一年級男生面紅耳赤地向漂亮學姊告白，被拒絕之後落寞地離去，才剛甩掉他的漂亮學姊掛心地注視著他的背影。

剛升上國中，還殘留著稚氣的學生眼睛發亮地掃視著書櫃，找尋自己想看的書。

幾個朋友湊在一起討論，要挑哪本書來寫讀書心得。

女孩和男孩在它前面停下腳步，睜大眼睛，驚訝地屏息，拿起它，著迷地看著它的封面，一翻開內頁就嚇得肩膀一顫，頓時闔起書本，但又戰戰兢兢地再次翻開，忍不住站著看到閉館時間，絲毫不在意手腕被那沉甸甸的重量壓得痠痛。

每個學生都有自己的性格，每個人都很可愛。

它一直看著那些不成熟、青澀的國中生。

我也很開心喔。

我走回桌邊，用眼神向攤在桌上的《神曲》說道。

這一頁剛好寫到天使們在空中畫出發光的文字。

聖潔又安詳的一幅景象。

我擅自把你稱為「大師」，因為你就像那位為但丁帶路、高潔又充滿智慧的詩人維吉爾。但丁也是滿懷敬意地如此稱呼他。

因為有他陪在身邊，但丁才有勇氣在黑暗的地獄裡繼續向前走。

我也是一樣的。

我之所以能面對那七位但丁，都是因為你告訴了我你在這裡看到的、他們的悲傷痛苦。

做為圖書室的守護者、知識的嚮導，金色的《神曲》發出神聖的光輝注視著我。

而低著頭的初音老師抱在懷裡、不再分裂成七人的《神曲》，就像但丁在天國見到的聖女貝緹麗彩一樣，用安詳而溫柔的語氣鼓勵著老師說「我們一起努力吧」。

看見初音老師這個模樣，小潮和鈴井同學都靜靜地露出虔敬的表情，如同肅立在教堂的祭臺前。

終章

那個戴眼鏡的奇怪男生榎木結，已經離開天司中學圖書室一週了。

清良今天早上又走進圖書室，禮貌地向書櫃行禮說「早安」，精神十足地對著在櫃檯裡工作的初音老師打招呼「老師早！」。

初音老師也露出燦爛的笑容回答：

「早安，鈴井同學。」

初音老師說，她和國中時傷害過的、不敢進教室的那個女生聯絡上了。那個女生考上了很遠的高中，她去那裡讀書，正常地進教室上課，後來考上大學，還跟初音老師一樣當了司書，目前在市立圖書館工作，兩人還相約一起出去吃飯。

初音老師在電話裡道歉說「對不起」，對方回答：

——妳還惦記著那些事啊？我當時確實受到打擊，不過那是我自己太脆弱了，而且我也是因為妳對我說了那句「妳永遠都是這副德行」才下定決心改變自己，認真地準備考試喔。

初音老師說出這句話時，流著眼淚笑了，清良也欣喜得心胸顫動。

結在清良身邊翻著燙金的《神曲》時，曾溫柔地說過，但丁會去地獄是因為他需要這麼做。

清良當時聽不懂，但她現在好像可以理解了。

但丁因為輸了政爭而被逐出故鄉，對他來說，遊歷地獄、煉獄和天堂三個世界等於是在整理自己的心情，或許也帶給了他救贖。

結或許會有不一樣的解釋，但清良讀完整本《神曲》之後真的是這麼想的。

每個人的心中都存在著地獄。

我們每個人或許都在不知不覺間犯了那七種罪惡。

我們或許都會因自己的重罪而墮入地獄，受到懲罰。

可是，有些事情或許就是要墮入地獄才會發現。

最重要的是要「去認識」。跨越理智，只用眼睛「去看」……清良後來還是經常誦念這句話。

「鈴井同學，妳今天就要回教室上課了，要不要我陪妳走到教室門口？」

聽到初音老師這麼說，清良笑著搖頭。

「謝謝老師，我自己去就行了。不過，如果我還是做不到，那我明天會再試一次，今天可以先讓我回圖書室嗎？」

「好啊，不管妳在教室順不順利，放學後或下課時間都可以回來圖書室找我聊天，那樣我會很高興的。今後要繼續跟我聊書喔。」

「好的。」

班會課的時間快開始了。

清良向初音老師鞠躬，拎著書包向門口走去。離開圖書室之前，她先走到書櫃旁邊，對那本金色的《神曲》小聲說道：

「我會好好努力的。」

她感覺那七彩的書名似乎亮了起來。

《神曲》一定也在為她加油。

現在是上學時間，大批學生吵吵鬧鬧地湧入教室，清良突然感到不安，心想如果自己又在教室門口停下來該怎麼辦。

在她周遭此起彼落的「早安」問候聲也讓她惶恐不已，胸口緊縮。

清良又誦念了《神曲》的那句話，並想起了結明亮的聲音。

——鈴井同學，讀完整本《神曲》就像和但丁一起遊歷了地獄、煉獄和天堂，所以今後妳什麼地方都能去了。

他把這句光輝般的話語留給清良之後就離開圖書室了。

所以她一定沒問題的。

有個留著剪得很隨便的烏黑短髮、戴眼鏡的女學生，面無表情地站在清良的教室前。

清良在圖書室裡見過她，而且一直都很注意她。她總是坐在清良的隔壁桌獨自寫著筆記本……

那個女生用淡淡的語氣說：

「早安，鈴井同學，我叫記川繪羽，我是妳的同班同學，也是這一班的班長。」

清良聽到她的自我介紹就大吃一驚。

同班同學？我的？

清良扭扭捏捏地回答「早安」之後……

「那、那個……我經常看到妳在隔壁桌寫東西……那是班長的工作嗎？」

她沒頭沒腦地如此問道。

是不是級任導師要求她去觀察待在圖書室裡的同學呢？清良忍不住這樣想。

記川同學面無表情地說：

「很有趣的想法。我的習慣就是看到什麼都要寫下來，而且我寫的東西只會留給自己用，所以妳大可放心。」

留給自己用？要怎麼用？清良越來越搞不懂了。總之記川同學似乎是聽到老師說清良今天要回教室上課，所以特地在門口迎接她。

雖然記川同學看起來很冷淡又有些奇怪，但她想必是個善良的人。

「我會去圖書室，是想要找機會跟妳說話。上次那個管樂社的女生昏倒、被初音老師等人送到保健室時，妳也在場吧？當時我正好也在走廊上。我認得妳，但我從來沒在教室這一棟的走廊上見過妳，所以才好奇地去了圖書室。」

「……那妳說妳跟桐島老師交往過……」

「因為那個眼鏡少年在召集跟桐島老師有關的女生，我就主動跟他說『我也是』，因為我很想知道他打算做什麼。」

這人果然有點奇怪。

不過清良跟結相處過一段時間，已經比較能夠接受奇怪的人，所以還是覺得記川同學很善良，她平淡的說話方式也讓怕吵的清良感到安心。

記川同學似乎對結充滿了好奇，她問清良那個眼鏡少年到底是什麼人，清良說：

「我也不太清楚……我只知道他和三年級的小關潮學長早就認識了。我問過小關學長『榎木同學上的是哪一間學校？他到底是幾年級的？』，但他回答『對不起，結哥叫我不能告訴別人。』……聽說他還特別強調年級和年齡一定要保密。」

初音老師也笑著說「榎木同學就是那樣，沒辦法」，看到老師寬容的表情，清良的心情也放鬆下來了，但她還是沒有解開結身上的謎團。聽到清良有點落寞地這樣回答時，記川同學說：

「我對他更有興趣了。」

然後又說：

「我想再多跟妳聊聊榎木的事，還有其他的事。在教室裡。」

教室傳來了班上同學吵雜的聲音。

男生們活力十足地互相打招呼，女生們愉快地聊天。有好多聲音，各種聲音……教室裡滿是和清良同年齡的孩子。

清良回想著結的溫暖眼神和那本金光閃閃的書，微笑著回答：

「嗯，我也是。」

然後她就和表情淡漠的班長一起走進了教室。

後記

這個故事誕生的淵源，是因為我在常去的圖書館裡對某本書一見鍾情。就是在本作之中被結稱為「大師」的那本書。

我一看到那七彩光輝的書名……

「啊……是《神曲》。」

就被吸引過去，從架上把它抽出來，頓時覺得心臟被一把捏住。

書頁邊緣還有燙金，多麼神聖高貴啊！

那沉甸甸的手感也非常棒，一翻開封面，那些栩栩如生、驚悚駭人的插畫就竄入我的眼中。

插畫魄力十足，文字又很易讀，真是太強勁、太帥氣了！

我想大部分的人看但丁的《神曲》都是看上中下三冊的文庫版，那個版本既有格調又有韻味，不過兩個版本互相比較，還是插畫集這個版本比較易讀。

閱讀它的文字就像在聽莊嚴的音樂，令人感動得心旌顫動。

我當時讀得都忘我了，後來還去買了平裝本。

之後我每次去圖書館都很在意那本書，還會特地走過去確認「啊，今天被借走了」。

到底是什麼人、因為什麼理由而借走那麼厚重的書呢？是喜歡閱讀的學生嗎？還是經常使用圖書館的老人家？該不會是想要以但丁為題材寫小說的同行朋友吧？還是將來想當作家的人？伴隨著種種想像，那本書在我的心中變得越來越特別，即使沒在眼前也會時時記掛、充滿期待。

能聽見書本聲音的結如果遇見了這金光閃閃的書，會跟它聊什麼呢？這本書會告訴結怎樣的故事呢？它的聲音一定很莊嚴，像聲樂家一樣渾厚低沉又動人……我一直想像著這些事，於是寫出了這個故事。

故事背景設定在國中的圖書室。

主要來賓清良在故事開頭閱讀蒙哥馬利的《果園小夜曲》，那是我非常喜歡的作品，其中也有不少沉重的內容，但是包括這些部分在內，整個故事還是美得令人心靈澄澈，初音老師一定是基於這個理由而把書推薦給清良吧。我也非常推薦大家去看喔。

要說人生中最容易沉溺於書本的階段嘛，依照我自己的情況，應該是國中時代吧。那時我無論看什麼書都很享受，每天下課時間和放學後都會去圖書室。

大學四年級暑假回老家的時候，我突然很想讀圖書室裡的書，所以回到以前讀過的國中，還跟圖書室的司書老師聊了一下。隔年三月底，老師突然打電話來，說「我最近就要離職，妳願不願意來接任司書？」，而再過兩天我就要進某公司了。我的行李都已經送到位於東京的那間公司的宿舍了，所以只能遺憾地回絕，但我還是會忍不住想像，如果我留在故鄉擔任母校中學的司書會怎麼樣？

若是如此，或許我就不會成為作家了。

封面插畫是竹岡美穗老師的作品，她也為《〈最後一間書店〉的漫長結局》繪製了很漂亮的封面。那些P字和女學生的背影真是氣氛十足。讀完本作之後再回頭欣賞這些插畫，一定會有新的發現喔！

但願這部作品也能如同那本神聖的、金光閃閃的書，成為大家心目中特別的一本書。

二〇二一年一月二十日　野村美月

作品中引用或參考了以下書目：

《多雷的神曲》（但丁原著，谷口江里也改編，古斯塔夫・多雷插畫，寶島社出版。）

《多雷的神曲》（但丁原著，谷口江里也改編，古斯塔夫・多雷插畫，アルケミスト出版。）

《溫柔的但丁〈神曲〉》（阿刀田高著，KADOKAWA 出版。）

附送的夜長姬～人家擔心死了！

(´・ω・`)　我今天留在家裡……

(｡•ˇ‸ˇ•｡)　結說只是去參加普通的讀書會……

(´;△;`)　他一定是打算做危險的事……

:;(∩´﹏`∩);:　我好擔心。

.…ε(*´･ω･)з˝　如果我有翅膀，就能跟他去任何地方了。

(╥﹏╥)　好擔心……好擔心……好擔心……

(*´ᴗ`*)٩　我回來了。

(´,,>ω<,,`)　結回家了！

國家圖書館出版品預行編目資料

結與書系列．4，七冊《神曲》判罪的七位但丁 / 野村美月作；HANA 譯．-- 1 版．-- [臺北市]：城邦文化事業股份有限公司尖端出版：英屬蓋曼群島商家庭傳媒股份有限公司城邦分公司發行，2023.02
面；　公分
譯自：むすぶと本。七冊の『神曲』が断罪する七人のダンテ
ISBN 978-626-338-991-5（平裝）

861.57　　111018879

浮文字
結與書系列：七冊《神曲》判罪的七位但丁
（原名：むすぶと本。七冊の『神曲』が断罪する七人のダンテ）

著　　者／野村美月
繪　　者／竹岡美穗
譯　　者／HANA
執 行 長／陳君平
美術總監／沙雲佩
文字校對／施亞蒨
榮譽發行人／黃鎮隆
美術編輯／方品舒
內文排版／謝青秀
協　　理／洪琇菁
執行編輯／石書豪
企劃宣傳／陳品萱
總 編 輯／呂尚燁
國際版權／黃令歡、梁名儀

出　　版／城邦文化事業股份有限公司　尖端出版
台北市中山區民生東路二段一四一號十樓
電話：（〇二）二五〇〇—七六〇〇
傳真：（〇二）二五〇〇—二六八三
E-mail: 7novels@mail2.spp.com.tw

發　　行／英屬蓋曼群島商家庭傳媒股份有限公司城邦分公司　尖端出版
台北市中山區民生東路二段一四一號十樓
電話：（〇二）二五〇〇—七六〇〇（代表號）
傳真：（〇二）二五〇〇—一九七九

中彰投以北經銷／楨彥有限公司（含宜花東）
電話：（〇二）八九一九—三三六九
傳真：（〇二）八九一四—五五二四

雲嘉以南／智豐圖書有限公司
（嘉義公司）電話：（〇五）二三三—三八五二
傳真：（〇五）二三三—三八六三
（高雄公司）電話：（〇七）三七三—〇〇七九
傳真：（〇七）三七三—〇〇八七

香港經銷／一代匯集
香港九龍旺角塘尾道六十四號龍駒企業大廈十樓 B&D 室
電話：（八五二）二七八三—八一〇二
傳真：（八五二）二七八二—一五二九

新馬經銷／城邦（馬新）出版集團 Cite（M）Sdn. Bhd.
E-mail: cite@cite.com.my

法律顧問／王子文律師　元禾法律事務所
台北市羅斯福路三段三十七號十五樓

二〇二三年二月一版一刷
二〇二三年六月一版二刷

■中文版■

郵購注意事項：
1.填妥劃撥單資料：帳號：50003021戶名：英屬蓋曼群島商家庭傳媒(股)公司城邦分公司。2.通信欄內註明訂購書名與冊數。3.劃撥金額低於500元，請加附掛號郵資50元。如劃撥日起 10～14日，仍未收到書時，請洽劃撥組。劃撥專線TEL：(03)312-4212 ・ FAX：(03)322-4621。E-mail：marketing@spp.com.tw